Verlassen Verloren Verzaubert

Roman

von

Monika Zenker

Kurzbeschreibung ...

Einen Moment, in dem das Schicksal ein komplettes Leben auf den Kopf stellt. Stella, die behütet aufwuchs, verliert von einem Moment auf den anderen alles, was ihr Leben ausmachte. Sie beweist Stärke, Weisheit und Mut bei dem Weg, den sie gehen muss, um eine neue Perspektive zu finden. Menschen, die Wege mit uns gehen, können uns unbewusst näher sein, als wir vermuten...

Es war wieder einmal so ein hektischer Tag, an dem alles schnell gehen musste und wo im Grunde durch die Hektik das blanke Chaos entstand.

„Mensch Vera, nun beeil dich mal ein bisschen, wir müssen um acht im Büro sein", das war Frank, der an die Badtür klopfte. Er wollte seine Frau darauf hinweisen, dass sie wieder einmal zu viel Zeit mit der Restaurierung ihres in die Jahre gekommenen Gesichts verbrachte.
Vera stand vor dem Spiegel und zog noch mit dem Eyeliner den Lidstrich nach, wobei sie ihm antwortete: „Gleich, weck bitte Stella, sie hat bestimmt wie immer den Wecker überschlafen."

Frank, ein großgewachsener, sehr sportlicher Mann in den besten Jahren, ging durch das Schlafzimmer zurück in den Wohnbereich. Hier durchquerte er den Raum und trat in den kleinen Flur, der im vorderen Bereich einen Treppenaufstieg preisgab. Diesen nutzte er, um in das obere Stockwerk des Hauses zu gelangen. Er ging einen kleinen Gang entlang bis zum hintersten Zimmer und klopfte an: „Stella, du musst aufstehen."
Einen Moment stand er noch vor der Tür, und als er kein Geräusch aus dem Innenraum vernahm, machte Frank die Tür auf und schaute auf das Bett, das links hinter einem Kleiderschrank stand. „Hallo, junge Dame, aufstehen. Du musst dich fertigmachen. Stella du hast den Wecker wieder nicht gehört."
Die Bettdecke bewegte sich und Stella drehte ganz langsam das Gesicht in Richtung ihres Vaters. „Och menno, ist die Nacht schon wieder rum, ich bin noch total müde", dabei zog

sie die Decke wieder über sich, als sie sich erneut in Schlafposition bewegte.

Frank schmunzelte, da er dieses Ritual fast täglich erlebte und wusste, dass da nur eins helfen würde! Er nahm den unteren Zipfel der Decke und zog diese mit einer schnellen ruckartigen Bewegung herunter. So schnell die Bettdecke vom Bett flog, so schnell war auch Stella aus dem Bett, um ihrer Decke nachzuspringen. „Menno", stapfte Stella mit dem Fuß auf den Boden, „nie darf man ausschlafen." Sie sah zu ihrem Vater, der noch immer die Decke in der Hand hielt und die er ihr jetzt mit einem „Guten Morgen" reichte.

„Guten Morgen Vati, ich komme gleich runter." Stella hangelte sich zu ihm herauf, da sie um einiges kleiner war als ihr Vater, um ihm einen Guten Morgen Kuss zu geben. Die Decke wechselte den Besitzer und Frank drehte sich zum Gehen. „Beeil dich, wir sind heute spät dran, wir haben einen wichtigen Termin." Damit verließ er den Raum.

In der Küche war Vera indessen damit beschäftigt den Tisch für ein schnelles Frühstück zu decken. Der Kaffee brodelte schon in die Kanne und der Tee für Stella war am Ziehen, da sie den lieber trank. Frank rückte den Stuhl zurecht und schaute seiner Frau zu, die mit flinken Handgriffen den Tisch füllte.

„Steeella, jetzt komm bitte", rief Vera in Richtung Flur und hoffte, dass sich ihre Tochter ein wenig sputete, um auch etwas in den Magen zu bekommen, ehe sie das Haus mit ihnen verlies.

„Setz dich und iss auch etwas", sagte Frank in Richtung seiner Frau, da er sah, wie sie ihre Kaffeetasse direkt neben die Maschine mit dem frischen Kaffee stellte. Das machte Vera immer so, wenn sie im Stehen schnell einen Schluck nahm und schon alles in Ordnung brachte, während ihre Lieben am Tisch etwas aßen. „Lass mich Frank, mir ist heute Morgen nicht nach einem Brot, ich hole mir nachher etwas in der Kantine."

Vera und Frank hatten Architektur studiert. Sie arbeiteten seit Beginn ihrer Laufbahn gemeinsam für große Baufirmen an Projekten in der ganzen Welt. Ihre Firma beeindruckte mit ihren ausgefallenen Arbeiten und sie präsentierten sich seit Jahrzehnten mit einem eingespielten Team. Aufgrund der zahlreichen Preise, die Vera und Frank Weis bereits gewonnen hatten, genossen sie einen sehr guten Ruf auf der ganzen Welt.

Für beide stand immer fest, dass die Familie Vorrang hat. Während Vera sich um die Tochter kümmerte und nach Möglichkeit von zu Hause aus an Firmenprojekten mitarbeitete, vertrat Frank die Firma im In- und Ausland. Sie waren nicht die Aufstrebenden, die sich in ihrem Reichtum baden konnten, sondern waren im Ganzen bescheiden geblieben. Lieber wurde auch mal ein großer Auftrag abgelehnt, um sich Freiraum für die Familie zu schaffen, als immer im Stress zu sein und sich zu verlieren.

Man spürte die Harmonie in dieser Familie, wenn man ihnen begegnete. Stella mit ihren jungen Jahren war beliebt, da sie die Liebe, die sie von ihren Eltern bekam, weiterreichen konnte. Sie hatte immer Freunde um sich herum, wobei sie natürlich nicht wusste, ob sie nicht auch auf das Bargeld schauten, da man ihre Eltern kannte.

Stella kam gerade zur Küchentür herein, als Vera schon auf die Uhr an ihrem Handgelenk zeigte, um ihr klar zu machen, dass die Zeit etwas drängelte. Stella warf ihrer Mutter einen fliegenden Kuss zu und setzte sich an den Tisch, um eine Kleinigkeit zu essen. Vera stellte ihr den fertigen Tee hin.

Die Uhr, mit ihrem zierlichen Ziffernblatt, die dabei an einem kleinen Kettchen an Veras Arm baumelte, passte sehr gut zu der Endvierzigerin, die ein figurbetontes Kostüm trug. Vera war sehr darauf bedacht, neben ihrem Mann eine gute Figur zu machen und hielt sich über Jahre mit Sport fit. Sie hatte große Angst davor, irgendwann nicht mehr die attraktive Frau zu sein, die sie bis heute war. Frank machte ihr immer wieder mit stichelnden Bemerkungen klar, dass auch an ihr die Zeit nicht vorüberging, aber er sie auch noch lieben würde, wenn sie nicht mehr in der Blüte ihrer Jugend stünde.

Das benutzte Geschirr stand schon im Geschirrspüler, die Teile für den Kühlschrank waren eingeräumt und Vera wischte noch schnell mit einem Lappen über den Küchentisch, um die letzten Krümel des Frühstücks zu beseitigen.

Frank und Stella standen im Flur und warteten nur noch auf Vera, damit sie gemeinsam das Haus verlassen konnten. Sie kam auch schon um die Ecke, schlupfte in ihre Pumps, griff nach der Aktentasche und ihrer kleinen Handtasche. „Kann losgehen, haben wir alles?" Vera sah sich noch einmal im Flur um und folgte den beiden Familienmitgliedern ins Freie. Frank wartete, bis Vera an ihm vorbei ging, zog die Haustür zu, um sie mit einer Umdrehung des Schlüssels, abzuschließen. Wie im Entenmarsch marschierten die Drei zum Auto.

Sie hatten die gleiche Richtung, denn die Schule ihrer Tochter lag auf dem Weg zum Büro. An der Schule beugte sich Stella über die Sitzlehnen ihrer Eltern und verteilte nach links und rechts noch einen Kuss. „Hab euch lieb", gab sie beim

Verlassen des Wagens von sich und war, nachdem die Tür ins Schloss fiel, schon auf dem Weg in das Gebäude.

„Sie ist groß geworden", kam es von Frank, der seiner Tochter mit einem lächelnden Blick hinterher schaute. Vera drehte sich zu Stella um, wobei sie den Kopf ein wenig über die Schultern lehnen musste. „Ja, unsere Kleine, aber die haben wir richtig gut hinbekommen." Sie lächelte und drehte den Kopf zurück um ihren Mann anzuschauen, der immer noch zum Gebäude sah. „Womit haben wir so viel Glück nur verdient, Schatz", sagte Vera zu ihm und Frank zuckte mit den Schultern. „Ich weiß es nicht, aber ich könnte nicht existieren ohne euch beide!", dabei streckte er sich zu seiner Frau herüber und hauchte ihr einen Kuss zu.

Er platzierte sich wieder in seinem Sitz und startete den Motor, um kurze Zeit später in dem Gebäude, in dem ihr Büro war, in der Tiefgarage zu parken.

Vera war schon ausgestiegen und wartete auf dem Weg zum Fahrstuhl, dass Frank sich ihr anschloss. Der kramte noch nach seinem Mantel und der Aktentasche, bevor er den Wagen mit dem Schlüssel verriegelte und sich in ihre Richtung bewegte. „Das wird heute wieder ein langer Tag und ich bin froh, wenn die Verträge unter Dach und Fach sind", erzählte er, während er mit Vera den Lift bestieg. „Ja", sagte Vera, „es wird knapp, wenn sich wieder alles um Wochen verschiebt. Dann müssen wir einen Zwischenkredit aufnehmen und das sind wieder erhebliche Zusatzkosten. Ich hoffe, dass wir uns da nicht total vergaloppiert haben. Einen so großen Auftrag haben wir noch nie umgesetzt und auch nicht vorfinanziert." Sie hatte sich zu Frank gedreht und er sah ihr die Sorgen an, die sie sich um diesen Auftrag machte. Wenn da etwas schief laufen würde, dann würden sie alles, für das sie Jahre gearbeitet hatten,

verlieren. „Schatz, wir sind nie ein Risiko eingegangen. Wir haben gut verdient, aber nie ist wirklich etwas geblieben. Wir haben gut gelebt, aber jetzt müssen wir auch dafür sorgen, dass wir nicht bis zu unserem 100. Lebensjahr über Baugerüste stolpern. Wie sieht es denn aus, wenn wir mit Helm und Rollator auf dem Bau erscheinen, um die Abnahme zu machen?", dabei lachte er zu Vera. Sie lächelte über seinen blöden Witz, aber die Sorgen konnte er ihr nicht nehmen. Es war zu viel, was sie in ihr neues Projekt investierten und sie hatte Angst bei null anzufangen, wenn der Deal platzte. „Komm mal her meine Kleine", dabei zog er Vera in seine Arme. „Ich kann dir nicht versprechen, dass wir auf der sicheren Seite sind, aber nachdem was wir kalkuliert haben, sollte es keine Probleme geben. Wir sind gut, das haben wir in den letzten Jahren mehr als einmal bewiesen, warum sollte da etwas schief laufen und man uns das Vertrauen eines so großen Projektes vorenthalten. Vera sah Frank in die Augen und meinte: „Ich hoffe, dass du recht hast und ich vertraue dir. Du hast immer das richtige Gefühl gehabt, so wird es auch diesmal gut gehen." Frank drückte sie ganz eng an sich, um ihr damit zu zeigen, dass er sie beschützte und alles gut wird.
Sie hatten sich an einer Ausschreibung für eine komplette Stadtsanierung in den alten Bundesländern beworben. Das würde sie über die nächsten Jahre in die Lage versetzen, bei Beendigung des Projektes auch an ihren Ruhestand zu denken.

Sie lösten sich voneinander, da der Ton des Aufzugs ertönte und sie im 8. Stock angekommen waren. Die Türen öffneten sich und sie traten heraus.
Sie betraten den Empfangsbereich ihrer Büros. Diese Etage wurde vor Jahren von ihnen gemietet und als Firmensitz

eingerichtet. Frank hatte die rechte und Vera die linke Seite der Etage. Dort teilten sie sich auch die Aufgaben je nach Auftrag. Die Ideen ließen sie zusammenfließen und alle wussten, dass das Zusammenspiel der beiden das Geheimnis des Erfolges war. Sie waren in der Branche als das Dreamteam bekannt und so wurden sie auch bei vielen genannt. Es gab keine Alleingänge und sie hofften darauf, dass sie irgendwann zu dritt sein würden, auch wenn das niemals in Gegenwart ihrer Tochter zur Sprache kam. Stella stand kurz vor dem Abschuss des Abiturs und würde dann ein Studium beginnen. Vera und Frank hofften, dass sie in ihre Fußstapfen treten würde, denn eine bessere Zukunft konnte es nicht geben, als ein Fundament, das die Eltern geschaffen hatten zu übernehmen. Aber um sie nicht zu verunsichern, war es von Frank und Vera nur eine Hoffnung und das Thema wurde gemieden. So frei, wie sie wählen durften, sollte es auch für ihre Tochter die Möglichkeit geben zu überlegen, wohin sie die Zukunft führen würde. Wobei sie immer wieder in den Ferien in diesen Beruf hineinschnuppern durfte, da sie sich ein paar Euros hinzuverdiente, mit einem Ferienjob im Büro der Eltern.

„Guten Morgen, Frau Braun", sagte Frank zu seiner Sekretärin, die aufstand, um ihm seinen Mantel abzunehmen. „Guten Morgen Herr Weis, einen Kaffee vor der Besprechung oder lieber erst in der Runde?", fragte sie, wobei sie den Mantel an der Garderobe aufhing. „Noch einen Kaffee auf die Schnelle wäre nett, ich schau die Unterlagen noch einmal durch. Sagen sie mir Bescheid, wenn die Herren eintreffen?" Er machte die Tür zum Büro auf und war auch gleich darin verschwunden.
Vera hatte auch mit einem „Guten Morgen", an ihre Sekretärin Frau Pichel, direkt ihr Büro angesteuert. Ihr Kaffee

stand schon auf dem Platz, da sie sich immer eine Thermoskanne bereitstellen ließ. Auch Vera schaute die Unterlagen noch einmal in Ruhe durch.
Es war wichtig und entsprach der Professionalität des Büros, das alles bis ins kleinste Detail sofort greifbar war und nicht im entscheidenden Moment ein Papier fehlte. Vera war sich sicher, dass alles, was sie in den letzten Wochen kalkuliert und berechnet hatten, ein sehr gutes Angebot für die Stadt ist und hoffte, dass die Herren das genauso sahen.

Der Fahrstuhl öffnete sich und eine Delegation vom Stadtplanungsamt betrat den Empfangsraum. Frau Braun und Frau Pichel erhoben sich sofort von ihren Stühlen und betätigten die Knöpfe an den Telefonen. Das war ein abgesprochenes Zeichen für Herrn und Frau Weis, das ihnen mitteilte, dass der erwartete Besuch eingetroffen war. Die beiden Sekretärinnen gingen auf die Männer zu und nahmen ihnen die Mäntel ab, die sie an den Garderoben verteilten. Sie machten das so korrekt, dass die Gäste immer wieder erstaunt waren, wieso sie hinterher genau ihren Mantel wieder hatten. Es war ja nicht ein Besucher, nein, es waren viele, aber die beiden Frauen hatten ein System, das ihnen half, die Mäntel immer genau zuzuordnen.
Der Besprechungsraum war vorbereitet und die Delegation wurde von den Damen dort hineingeführt. Die Männer verteilten sich und nahmen ihre Plätze ein, die mit kleinen Platzkärtchen versehen waren, auf denen sie ihre Namen wiederfanden. Die Ersten griffen auch gleich nach einer der Thermoskannen, die verteilt auf den Tischen standen. Vor jedem Einzelnen standen Gedecke mit Tasse, Glas und Löffel sowie Schälchen mit Milch und Zucker. Sie sollten das Gefühl

haben, dass sie willkommen waren.

Frank machte die Tür auf und trat mit den Worten herein: „Guten Morgen meine Herren, darf ich mich vorstellen?" Ein kurzer Blick in die Runde sagte ihm, dass er alle angesprochen hatte und sie die Ausführungen zum Projekt mit Spannung erwarteten. „Ich bin Frank Weis und das", dabei zeigte er auf seine Frau, „ist Vera Weis, meine Frau. Wir arbeiten im Team." Er lächelte zu seiner Frau, die ihrem Mann das Wort lies und nickend in die Runde lächelte. Man sah den Herren an, dass der ein oder andere von dem Erscheinungsbild dieser Frau so angetan war, dass sie diese auch gern persönlich begrüßt hätten. Mit den Worten: „Sie werden sehen meine Herren, wir werden uns beide bemühen ihnen den ganzen Umfang und die einzelnen Posten des geplanten Auftrags genauestens zu erörtern. Die Kostenaufstellung finden sie in den Dossiers, die sie vor sich liegen haben", verwies er auf die blauen Mappen, die vor ihnen auf den Tischen lagen. Frank wartete einen Moment, dass sich die Herren einen ersten Überblick verschaffen konnten. Als Vera auch ihren Platz eingenommen hatte, ging er zum Projektor, um die einzelnen Punkte des Projektes ausführlich zu erläutern.

Es wurde ein langes Meeting. Vera und Frank kamen abends erschöpft nach Hause.
Stella kannte diese Tage und wusste, dass ihre Eltern jetzt nur noch in ihre Hausanzüge schlüpften und dann alle viere von sich strecken wollten. „War es ein Erfolg?", fragte sie, als sie die Haustür hörte. Frank kam in die Küche und sah, dass Stella schon das Essen gezaubert hatte. „Du bist ein Schatz und ja, ich glaube, wir konnten sie überzeugen. Aber gewiss sind wir

erst wenn die Verträge in den nächsten Tagen unterzeichnet sind. Drück uns die Daumen, dann ist auch deine Zukunft gesichert und wir haben eine Arbeit, die uns richtig Spaß machen wird." Frank beugte sich über den Herd und naschte an den leckeren Dingen, die in den Töpfen am Brodeln waren. „Wer soll das alles essen? Aber hmmm, das schmeckt so lecker." „Finger weg", ermahnte ihn Stella und schlug ihrem Vater liebevoll mit dem Kochlöffel auf den Handrücken der Hand, die gerade noch den Deckel vom Topf hielt. „Schon gut, ich mach mich eben frisch, dann decke ich den Tisch. Ich bin hungrig wie ein Wolf." Dabei verließ er die Küche und ging zu Vera.

„Unsere Tochter ist ein richtiger Schatz, sie achtet schon darauf, dass wir nicht verhungern", sagte er beim Betreten des Schlafzimmers und musste feststellen, dass Vera schon wieder vor ihrem geliebten Spiegel stand. „Wenn wir mal im Ruhestand sind, dann lasse ich alle Spiegel im Haus entfernen. Du bist ja mehr mit denen beschäftigt, als mit deinem lieben Ehemann. Vielleicht wäre mir ein Liebhaber, auf den ich eifersüchtig sein könnte lieber, den könnte ich wenigstens auf die Nase hauen. Vera lugte lächelnd aus dem Bad heraus: „Wenn ich aussehen würde wie eine alte Schreckschraube, dann würdest du dir wünschen, ich würde einmal mehr einen Blick hineinwerfen. Also sei brav und gönn deiner Frau den Moment mit ihrem Erscheinungsbild."

Kurze Zeit später betraten sie gemeinsam die Küche, um ihrer Tochter noch beim Auftischen zu helfen. „Stella, alles gut? Wie war dein Tag heute?", fragte Vera, als sie ihrer Tochter einen Kuss auf die Wange hauchte.

Das war Stellas Moment und sie begann auch gleich, den Tag für ihre Eltern Revue passieren zu lassen. Sie aßen, lachten und hatten einen schönen ausklingenden Abend.

Ein paar Tage später ...

Vera war endlich beruhigt, die Verträge wurden heute unterzeichnet, denn man hatte sich tatsächlich für das Architekten Büro Weis&Weis entschieden. Es kam viel Arbeit auf sie zu, aber es würde auch die größte Herausforderung ihres Lebens werden. Ab nächsten 1. sollten die Bauarbeiten beginnen und dafür war einiges zu organisieren. Die laufenden Projekte waren bis auf ein paar Kleinigkeiten fast abgeschlossen. Somit waren alle Partner auch für das neue Ziel einsetzbar. Problematisch wäre es geworden, wenn dieser Auftrag nicht in ihre Hände gefallen wäre, da keine Folgeaufträge abgeschlossen wurden. Sie hatten hoch gepokert, um für das Großprojekt frei zu sein. Das war auch Veras große Sorge, dass sie sich übernahmen und ihre Firma nicht ausreichend geschützt hatten. Aber das Risiko hat sich bezahlt gemacht. Die komplette Büroetage, mit allen Mitarbeitern feierte den Auftrag.

Auch Stella wurde übers Handy informiert und trat am Mittag mit einem riesigen Blumenstrauß und einer Flasche Sekt aus dem Fahrstuhl. Die Stimmung war sehr heiter, als sie in die Runde kam. Die Mitarbeiter hofften darauf, dass auch die Tochter später mit in die Firma einstieg, da sie genauso kollegial und als Chefin mit den Angestellten auf einer Ebene stehen würde, wie ihre Eltern. Durch die vielen Stunden, die sie in der Ferienzeit die einzelnen Büros durchlief, um alles kennenzulernen, hatte man sich auch ein Bild über Stella machen können.

„Herzlichen Glückwunsch, ich freue mich für euch, ihr seid die allerbesten Eltern!", rief sie beim Heraustreten aus dem Lift. Sie drückte ihre Eltern und stand nun in der Mitte der beiden mit einem Glas in der Hand, das sie sich vom Tablett der Bedienung nahm. „Auf meine Eltern!" Stella hob das Glas und prostete in die Runde. Alle lachten herzlich mit und schon war sie nicht mehr neu in der Runde, sondern ein Bestandteil dessen, was sich hier gerade ereignete. Es war ein schöner Abschluss einer spannungsreichen Zeit.

Stella wusste, dass sie in den nächsten Jahren zurückstehen musste. Ihre Eltern würden sie zwar niemals hinten anstellen, aber die Zeit würde nicht mehr dafür reichen, um alles gemeinsam zu unternehmen. Dem Alter, dass sie behütet werden musste, war sie entwachsen und würde lernen, auch mal auf sich allein gestellt zu sein, wenn es sich nicht umgehen ließ, dass die Eltern für ein paar Tage an der Baustelle unabkömmlich sein würden. Sie wusste, wenn es brennt, waren sie da und ansonsten konnte sie sehr gut ein paar Tage im Haus allein bleiben. Sie feierte keine wilden Partys und stellte alles auf den Kopf, dessen waren sich Vera und Frank gewiss. Dazu war ihre Tochter zu sehr darauf bedacht, ihren Eltern keinen Kummer zu machen. Stella war stets bemüht ihnen Freude zu bereiten, da auch sie alles daran setzten, eine glückliche Tochter zu haben. Wenn Probleme entstanden, gingen sie diese gemeinsam an.
So war auch hier keineswegs ein Weg eingeschlagen worden, den die Tochter nicht verstand, sondern sie wurde in vieles von Anfang an integriert und wusste um den Umfang des Bauvorhabens.
Sie feierten und genossen den Abend bis in die Puppen.

Jetzt hätten die Tage 48 statt 24 Stunden haben sollen, denn die Organisation für den pünktlichen Baubeginn war randvoll, unter anderem mit Terminen für Konferenzen oder Besichtigungen. Stella versuchte die Eltern zu unterstützen, indem sie ihnen Dinge des Haushalts abnahm und dafür sorgte, wenn sie abends nicht mit Geschäftsleuten in einem Restaurant speisten, dass etwas Warmes auf dem Tisch stand. Das war ein Hobby des Teenagers. Irgendwann merkte sie, dass es ihr Spaß machte Kochrezepte zu verfeinern und sich an neuen Kreationen zu erfreuen. Die Tester waren Vera und Frank und manchmal lud sie auch Freunde dazu ein, um ein großes Menü zu erproben. An diesem Hobby hatte Stella nicht nur Freude, es gab ihr auch das Gefühl, ihre Eltern in dieser Zeit zu unterstützen und so ihren Teil zum Erfolg des Projekts beizusteuern. Sie hätte gern viel mehr dafür getan, wusste aber auch, dass ihre Eltern das nicht wollten. Sie sollte für ihre Zukunft die besten Voraussetzungen haben und dazu gehörte ein gutes Abitur. Damit sie genügend Zeit hatte, um für diesen Abschluss zu lernen, würden sie nie zulassen, dass sie außerhalb der Ferien für die Firma auch nur einen Finger krumm machte. Sie sollte sich mit Freunden treffen, ihre Jugend genießen und dabei die Zeit haben in die Bücher zu schauen, um sich auf Klausuren vorzubereiten.

Die ersten Aufträge waren vergeben, Termine aufgestellt und um einen guten Eindruck zu machen, waren sie heute Mittag mit einer Gruppe der Stadtverwaltung zu einer Besichtigung unterwegs. „Hier meine Herren", dabei hielt Frank einen Plan hoch, „sehen sie, wie die Häuser in den Stadtkern integriert werden, um das Erscheinungsbild nicht zu stören."

Die Gruppe mit den gelben Helmen versuchte, bei all dem Baustellenlärm einigermaßen zu verstehen, was Frank zu berichten hatte. LKWs rauschten an ihnen vorbei und brachten Materialien und Maschinen an die Baustelle. Sie fuhren Altlasten von der Baustelle weg, um sie für das Bauvorhaben zu bereinigen. „Vorsicht Vera", zog Frank sie am Ärmel, da sie fast über einen alten Eisenträger gestolpert wäre. Sie schaute Frank etwas erschrocken an und sagte mit einem Lächeln in die Runde: „Meine Herren, mit ihnen über diese Matschwüste in Gummistiefeln zu gehen ist ein reines Vergnügen. Ich hätte beim Aussuchen des Schuhwerks doch darauf achten sollen, dass sie Warnsysteme beinhalten." Sie warf einen Blick in die Männerrunde und hielt bei Franks Gesicht inne: „In solcher Begleitung, kann ich doch nicht ständig auf den Boden blicken. Was würden sie denn von mir denken?" Sie hatten jedes Wort von ihr verstanden, als hätten die Maschinen für den Moment inne gehalten und lachten zu ihr herüber. Die Situation war gerettet. Es wäre ihr peinlich gewesen, hätte man angenommen, dass sie sich nicht auf einer Baustelle bewegen könnte.

Sie waren etwas von den tosenden Baumaschinen weg und konnten entspannter miteinander reden. Die Fragen, die die Herren vom Bauamt und den anderen Stellen der Stadtverwaltung stellten, erörterte Frank in allen Details.

„Vorsicht meine Herren, da liegt noch enorm viel herum", sagte Frank, als er Vera am Arm griff, um sie beim Überqueren von Holz, Stahl und anderen Schuttgeröllen zu unterstützen. Die Herren folgten ihm und waren bei jedem Schritt darauf bedacht, sich nicht die guten Anzüge zu verschmutzen. In einem augenscheinlich sicheren Bereich blieb Frank wieder mit der Gruppe stehen, um weitere Ausführungen zu machen.

Er begann mit: „Und hier meine Herren…", als ein ohrenbetäubendes Geräusch und ein anschließendes Surren die Gruppe nach oben blicken ließ, von wo sie das Geräusch vermuteten. Frank hatte auch den Blick gehoben und wollte sofort reagieren, als er den Betonträger auf sich herunterkommen sah. Der Träger hatte sich aus der Kranaufhängung gelöst und das gerissene Stahlseil, wirbelte herum und gab einen Laut von sich, als würde ein vibrierender Geigenton erklingen. Ein sehr beängstigendes Geräusch, das allen in die Glieder fuhr. Es waren nur Sekunden, die darüber entschieden, den Schritt in die richtige Richtung zu machen. Veras Schrei war das Einzige, was sie herausbrachte, bevor sie unter dem Kollos begraben wurde. Keiner aus der Gruppe hatte in den 5 Sekunden, die ihnen geblieben waren, auch nur einen Schritt getan. Allein die Standposition entschied jetzt über ihr Leben.

Die Baustelle war für einen winzigen Moment totenstill. Alle Maschinen waren abgeschaltet und von allen Seiten machten sich die Bauarbeiter, die das tragische Ereignis mitbekommen hatten, auf den Weg, um den Verletzten an der Unglücksstelle zu helfen.

Karl, der Kranführer, sah aus seinem Turm herab zu Boden. Er sah, wie sich die Menschen um das herum bewegten, was sich aus seiner Kranhalterung gelöst hatte und wie ein Geschoss zu Boden gestürzt war.

„Verdammt, wer läuft denn im Sperrgebiet rum, das war doch markiert?", schrie er nach unten. Aber aus seiner Position war er nicht zu hören. Er versuchte die Gedanken zu ordnen, um zu verstehen was passiert war. Der Schock saß ihm in den Knochen. Er zitterte am ganzen Körper und versuchte einen

klaren Gedanken zu fassen. Aber egal was er auch machte, er sah immer wieder das Lösen des Trägers vor seinen Augen und überlegte was er hätte tun können. Ob er hätte, eingreifen können und fragte sich: *War das meine Schuld? War ich schuld, dass sich 120m unter mir ein Unglück ereignet hat?*
Ein schrecklicher Anblick bot sich den Bauarbeitern, als sie die Unglücksstelle betraten. Der Stahlträger hatte die Gruppe zum größten Teil auf den Boden gedrückt. „Rettungswagen und Feuerwehr sind informiert", schrie Walter der Baggerfahrer, als er hereneilte und abrupt stehen blieb. Er sah, wie Männer in Anzügen versuchten, den Männern unter dem Koloss zu helfen. Aber ohne schweres Gerät war da nichts zu machen, das wurde ihm sofort bewusst. Die Arbeiter schrien alle wild durcheinander, um ihre Ideen, wie man unterstützend den Träger von den Verletzten bekommen sollte, auszutauschen. Einige Arbeiter versuchten mit der Schaufel unter einem Verletzten zu graben, um ihn zu befreien. Sein Bein lag unter dem Träger. Der Mann, der eingeklemmt war, sah nur starr zum Himmel, als würde er der Sonne zuschauen, die in einem wolkenlosen, strahlend blauen Himmel stand. Gleich daneben und man konnte kaum hinschauen, lag das nächste Opfer des Unglücks.

Rettungswagen, Feuerwehr und Polizei waren fast zeitgleich am Unglücksort eingetroffen. Die Männer verschafften sich einen ersten Überblick.
Die Rettungsmannschaft versuchte den Verletzten, die unter dem Stahlträger eingeklemmt oder durch ihn getroffen und weggeschleudert worden waren, zu helfen. Die Männer, die man frei bergen konnte, wurden notversorgt und sofort mit dem Krankenwagen in das nächstgelegene Krankenhaus

gebracht. Die Männer, die dem Schicksal entkommen waren und denen alle Schutzengel beigestanden hatten, waren zwar unverletzt, aber auch sie befanden sich nach diesem Ereignis in einer Schockphase. Sie wurden von Sanitätern betreut und in eine Klinik zur Beobachtung gebracht.

Einige Feuerwehrleute waren damit beschäftigt, Karl aus dem Kran zu holen. Das musste schnell gehen, denn man wollte diesen dafür verwenden, den Träger anzuheben, um die Menschen darunter zu bergen.
„Bleiben sie ganz ruhig", sagte ein Feuerwehrmann zu ihm, „wir bringen sie nach unten." Er sah, dass Karl kreidebleich in seinem Kranführersitz saß und ihn gar nicht wahrnahm. „Hallo, hören sie mich?", fragte der Feuerwehrmann und schüttelte Karl am Ärmel. Im nächsten Moment drehte er den Kopf zu seinem Kameraden und sagte: "Wir müssen ihn abseilen, so bekommen wir ihn nicht herunter." Dieser verstand und nach zwanzig weiteren Minuten war Karl am Boden und wurde von einem Sanitäter in einen Krankenwagen gebracht.

In den nächsten zwei Stunden waren alle bemüht, die vier Opfer des Unglücks unter dem Träger zu bergen. Für sie kam jede Rettungsmaßnahme zu spät. Dazu gehörten Mitglieder des Stadtrates sowie Vera und Frank Weis, die beim Aufprall im Zentrum des Trägers gestanden hatten.
Vier der Männer hatte man mit schweren Verletzungen in die Krankenhäuser gebracht und die restlichen fünf wurden unter Beobachtung in den umliegenden Kliniken aufgenommen.
Die Polizei war währenddessen mit der Absperrung der Unglücksstelle sowie ersten Ermittlungen beschäftigt. Sie

sammelten erste Zeugenaussagen, dabei befragten sie Umherstehende.

Natürlich waren ein Reporter und ein Fotograf des Stadtanzeigers in der Menge, um für die morgige Ausgabe einen aktuellen Bericht von den Ereignissen drucken zu können. Auch ein Kamerateam des Fernsehens war sehr schnell vor Ort, um als erste Sendeanstalt die aktuellsten Bilder über den Äther laufen zu lassen.

Die ersten Bilder liefen schon im Fernsehen, da waren die Bergungsarbeiten noch in vollem Gange. So wussten innerhalb kürzester Zeit die meisten Bewohner der Stadt, was sich in den letzten Stunden für ein tragisches Unglück ereignet hatte.

Stella war am Mittag aus der Schule nach Hause gegangen und hatte sich sofort zu ihren Büchern begeben. Sie musste noch einiges lernen, da in ein paar Tagen die Prüfungen fürs Abitur anstanden. Da man aber nicht nur lernen konnte und heute ein sehr schöner Tag war, lies sie nach einer Stunde die Bücher auf dem Schreibtisch allein, zog sich etwas Lässiges an und machte sich auf den Weg in die Küche.

Eine kleine Mahlzeit aus Eiern, Speck und einem Salat war schnell zubereitet. Die nahm sie zu sich, bevor sie in den Garten ging, um den Rasenmäher durch das Grün zu führen, damit der Rasen einen gepflegten Eindruck machte.

Stella überhörte das Klingeln der Eingangstür. Es war ein greller Summton, der aber gegen das Brummen des Rasenmähers keine Chance hatte. Die beiden Herren in ihren stahlblauen Uniformen standen wartend vor der Tür und unternahmen einen zweiten Versuch, wobei sie hofften, ein Geräusch im Innenbereich des Hauses zu vernehmen. „Ich schau mal um das Haus, vielleicht ist jemand im Garten", sagte

der eine Beamte zu seinem Kollegen. „Mach das, ich warte hier", sagte der andere und drückte erneut auf die Klingel.
Der Beamte, der um das Haus ging, machte sich lang, um über den Heckenzaun einen Blick in den Garten werfen zu können. „Hallo", rief er, als er Stella den Rasenmäher schieben sah. „Hallo", versuchte er es erneut. Diesmal etwas lauter, da er keine Reaktion von Stella bemerken konnte.
Stella hatte das Gefühl, als würde sie jemand beobachten. Daher drehte sie sich einmal um und sah den Kopf über der Hecke. Sie sah den Beamten, der ihr zuwinkte.
„Moment", rief sie und betätigte den Hebel am Rasenmäher, um ihn abzustellen. „Wie kann ich ihnen helfen", fragte sie in Richtung des Kopfes über dem Heckenzaun. Der Beamte reckte sich noch einmal nach oben, da seine Worte auch über die Hecke zu hören sein sollten: „Würden sie uns bitte einen Moment hinein lassen?"
Stella wunderte sich, da sie keine Ahnung hatte, was die Polizei von ihr wollte. Sie entgegnete dem Beamten: „Kommen sie zur Tür, ich lasse sie ins Haus."
Der Beamte schüttelte das Grünzeug, das sich von der Hecke an seiner Uniform angesammelt hatte ab und ging zu seinem Kollegen an die Haustür. Von innen waren Schritte zu vernehmen und gleich darauf stand ihnen Stella gegenüber. Die Beamten wiesen sich aus und Stella bat sie herein. „Was gibt es denn, dass mich am Mittag schon die Polizei besucht, habe ich etwas ausgefressen?", lächelte sie die Beamten an.
„Frau Weis", sagte der Beamte, „wir müssen ihnen leider eine sehr traurige Mitteilung machen." Stella sah zu dem Beamten und wechselte den Blick zu seinem Kollegen, dabei dachte sie das erste Mal an ihre Eltern. Das Lächeln war aus ihrem Gesicht verschwunden und sie fragte direkt: „Ist etwas mit

meinen Eltern?"

Die Beamten waren einerseits froh, dass sie es noch nicht aus den Nachrichten erfahren hatte, da es seit einer Stunde im Fernsehen gebracht wurde. Andererseits war es jetzt ihre Aufgabe, diesem jungen Mädchen beizubringen, dass ihr Leben ab heute ohne ihre Eltern weiter gehen musste. Die Beamten schauten sich an und der ältere von beiden sprach zu Stella: "Frau Weis, es gab vor ein paar Stunden einen Unfall an der Baustelle, für die ihre Eltern zuständig sind. Sie waren mit einer Gruppe zur Besichtigung des Bauvorhabens unterwegs. Wir müssen ihnen leider die Mitteilung machen, dass ihre Eltern diesen Unfall nicht überlebt haben."

Die Worte hallten noch ein paar Mal nach und: Da war es - das schwarze Loch, das sich gerade vor Stella auftat. Sie verlor den Boden unter den Füßen und einer der Beamten reagierte sofort und fing sie im Fallen auf. Er trug Stella auf die Eckcouch im Raum. Der andere Beamte nahm sein Funkgerät und meldete der Zentrale, dass sie einen Arzt benötigten.

Stella hatte die Augen noch geschlossen, hörte aber wie sich die Beamten mit dem Arzt verständigten. Das wollte sie alles gar nicht wissen, ihre Gedanken gehörten den beiden Menschen, die sie auf der Welt am meisten liebte. *Ihre Eltern – was war geschehen? Wieso gab es einen Unfall? Sie waren beide tot?*

Bei dieser Frage rief sie sich die Worte des Beamten wieder und wieder ins Gedächtnis zurück. *Wir müssen ihnen leider die Mitteilung machen, dass ihre Eltern diesen Unfall nicht überlebt haben. – Wir müssen ihnen leider die Mitteilung machen, dass ihre Eltern diesen Unfall nicht überlebt haben. – Wir müssen ihnen leider die Mitteilung machen, dass ihre Eltern ...*

„Frau Weis", hörte sie eine Stimme und fühlte eine Hand auf ihrem Arm. „Hören sie mich, Frau Weis?", sprach die Stimme erneut zu ihr.
Sie machte die Augenlider auf und sah in ein ihr fremdes Gesicht. Dieser Mann redete beruhigend auf sie ein. Sie starrte ihn an und fragte: „Wer sind sie? Was wollen sie hier?"
Auch jetzt kamen mehr Fragen als Antworten und sie wollte nur noch, dass man sie in Ruhe ließ.
Stella erhob sich, nachdem sie wieder das Gleichgewicht halten konnte, von der Couch. Sie sah in die Gesichter der beiden Beamten, die auf den Stühlen an der Essecke Platz genommen hatten: „Bitte verlassen sie unser Haus, ich muss den Rasen noch fertig mähen", sagte sie mit einem Unterton, mit dem sie zeigte, dass ihr das, was sie sagte, sehr ernst war. Die Beamten wechselten einen Blick und schauten dann hilflos den Arzt an. „Meine Herren gehen sie, hier können sie im Moment nichts mehr tun", sagte der Arzt zu ihnen. Er fügte abschließend noch hinzu: „Ich werde bei Frau Weis bleiben und versuchen eine Lösung zu finden."
Die Beamten nahmen ihre Kappen, die sie auf dem Tisch abgelegt hatten, und verabschiedeten sich. Der Ältere reichte dem Arzt noch eine Karte beim Verlassen des Raumes für den Notfall. Die Situation war für sie auch nicht alltäglich und so schnürte es ihnen den Hals zu, bei dem Gedanken, was dieses junge Mädchen gerade ertragen musste.
Stella hatte sich, ohne weiter über die Männer nachzudenken, wieder an ihre Arbeit begeben. Sie stellte den Rasenmäher an und zog Bahn für Bahn durch den Garten.
Sie würde auch noch eine Weile brauchen, dachte Dr. Linde und überlegte, wie er der Patientin helfen könnte. Er wusste, dass sie sich in einem Schockzustand befand. Zwar war Stella

bekannt, dass ihre Eltern nicht wiederkamen, aber sie verdrängte es und ging der gewohnten Tätigkeit nach, als wäre nichts geschehen. Das konnte Stunden andauern, Tage oder Wochen, bis sie die Trauer zuließ und erst dann mit der Verarbeitung beginnen würde.

Dr. Linde suchte nach dem Telefon, das andauernd klingelte. Er hoffte, dass am anderen Ende der Leitung ein Angehöriger von Stella wäre, um einen Ansprechpartner zu haben. „Hier bei Weis", sagte er, als er den Apparat an das Ohr klemmte, nachdem er das Schnurlostelefon neben den Kochtöpfen in der Küche gefunden hatte. „Stadtanzeiger, Holger Frei, guten Tag, wir hätten da ein paar Fragen an Fräulein Weis. Könnten wir für ein Interview vorbei kommen?", klang es aus dem Telefon.

Dr. Linde war ganz ruhig, als er antwortete: „Sind sie eigentlich noch bei Sinnen? Hier ist gerade eine komplette Familie zerstört worden und sie haben nichts Besseres zu tun, als um einen Termin für ein Interview zu ersuchen?"

Darauf bekam er eine Antwort, die er nicht erwartet hatte: „Es tut uns leid, aber sie müssen auch uns verstehen, da alles dafür spricht, das die Verantwortlichen bei dem Unglück ums Leben kamen. Wer wird sich um die kümmern, die noch davon betroffen sind? Die Menschen die Antworten haben möchten? Wird Fräulein Weis sich dieser Verantwortung entziehen oder für ihre Eltern einstehen?"

Dr. Linde sah die Schlagzeilen der morgendlichen Ausgabe schon vor sich und sprach als Antwort in das Telefon: „Lassen sie das die herausfinden, die dafür zuständig sind. Es wird kein Interview geben!" und drückte auf den roten Hörer am Telefon.

Auch das noch, die Presse wusste von Stella Weis, dachte er. Er

hatte keine Ahnung, was ihn noch erwarten würde, aber er würgte die Telefonate ab, nachdem er immer kurz hineingehört hatte.
Über eine Stunde verbrachte er damit und sah immer wieder in den Garten, da er Angst hatte, Stella könnte davon etwas mitbekommen. Das wollte er um jeden Preis vermeiden. Die Presse war im Anmarsch und suchte Schuldige. Er musste aber ans Telefon gehen, da er immer noch hoffte, dass sich jemand aus der Familie melden würde, der die Nachrichten im Fernsehen auch verfolgt hatte. Er tat dies so lange, bis er sah, dass Stella zusammenräumte und wohl ihre Tätigkeit im Garten beendete. Da zog er kurzerhand die Schnur aus der Steckdose.

Stella stellte den Rasenmäher, als sie fertig gemäht hatte, zurück in die Garage. Diese erreichte sie nur durch das Gartentor am hinteren Teil des Grundstücks. Sie wollte gerade wieder durch das Tor zurück in den Garten gehen, als sie von Presseleuten umlagert wurde. Mikrophone in verschiedenen Farben wurden ihr vors Gesicht gehalten und Fragen prasselten auf sie ein. Von links von rechts und von vorn. Sie rang nach Luft, da sie das Gefühl hatte, dass man sie erdrückte.
Im nächsten Moment spürte sie, wie sich ein Arm um ihren Bauch legte und sie zurück durch das Gartentor auf das Grundstück zog. Stella schaute den Mann an und dachte: *Was will der? Was macht er in unserem Haus? Was wollen die Leute auf der Straße?*
Auch Dr. Linde sah, wie hilflos Stella in dieser Situation war. Er konnte sich nicht im Geringsten in sie hinein versetzen und stand vor einem Rätsel, wie er diese Situation bewerten sollte.

Die Überlegung, einen Psychologen zu bitten, ihn bei dieser Patientin zu unterstützen, war eine Option, die er in Betracht zog. Aber erst einmal wollte er sie aus dem Blickfeld herausholen, da die Reporter alles versuchten, um an ein paar Bilder zu gelangen. „Frau Weis", sprach er sie an und sie drehte den Kopf in seine Richtung. Jetzt wurde er etwas vertrauter und sprach weiter: „Stella, lassen sie uns ins Haus gehen, da sind sie vor den Reportern geschützt."
Nachdem sie das Haus gemeinsam betreten hatten, sagte Stella: „Ich habe sie das schon einmal gefragt und ich glaube, sie sind mir noch eine Antwort schuldig. Wer sind sie?" Mit einem funkelnden Blick sah sie ihn an, der ihm zeigte, dass auch er nicht in ihrer Nähe erwünscht war. Dr. Linde wusste, wenn er jetzt die falsche Antwort gab, hätte er keinen Zugang mehr zu ihr und sie würde ihn hochkant rauswerfen. Das wollte er vermeiden, da er sah, dass sie Hilfe brauchte. So versuchte er es mit einem vertrauteren Gespräch. „Stella, ich bin vorhin auf Bitten der Polizisten gekommen, da es ihnen augenscheinlich nicht so gut ging. Ich würde auch gern noch ein wenig bleiben, da ich ihnen helfen könnte, wenn sie durch die derzeitige Situation überfordert sind."
„Was reden sie denn für einen Blödsinn? Überfordert? Nur weil da ein paar blöde Idioten vor der Tür ein paar Fotos schießen wollen? Nö, ich werde sehr gut allein mit denen fertig, sie können gehen", warf sie ihm heftig an den Kopf.

Alle die Stella kannten, hätten sich nie vorstellen können, dass sie auch nur im Ansatz solch einen Satz gesagt hätte. Sie war immer die Freundlichkeit selbst. Half wenn jemand nicht klar kam und war immer da, wenn Not am Mann war. Wie schnell konnte sich ein Mensch durch Schmerz verändern. Schmerz den man nicht greifen konnte, der irgendwo im Inneren wütete und mit aller Macht ein Ventil suchte. Bei Stella war es der Boykott gegen die Wahrheit. Alles so weit wie möglich zu verdrängen, um keine Gewissheit zu fordern.

Dr. Linde bewegte sich nicht von der Stelle und sah wie Stella in Gedanken versank. Sie schien nicht wirklich zu wissen, was sie mit dem ungebetenen Gast tun sollte.
„Stella, ich würde gern bleiben, bis wir einen Verwandten von ihnen informiert haben, der ein wenig nach ihnen schaut."
Stella riss die Augen auf und auf eine sehr kratzbürstige Art kam jetzt von ihr: „Sie haben mir bisher keine Antwort gegeben, wer sie überhaupt sind und jetzt kommen sie und möchten auch noch meine Verwandtschaft kennenlernen, die ich nicht habe."
Jetzt war es Dr. Linde, der einen Moment sprachlos wirkte. Seine Gedanken überschlugen sich: *Keine Verwandtschaft, das kann doch nicht sein. Was mache ich? Ich kann sie doch nicht allein lassen.* Zu Stella sprach er: „Ich bin Lars Linde und sie können mich Lars nennen. Ich bin Arzt und fühle mich ein wenig für sie verantwortlich."
„Na, das wird ja immer besser, jetzt habe ich schon einen privaten Doc im Haus. Was soll´s ..." Stella hatte keine Lust mehr auf die Diskussion, da sie ja jetzt wusste, mit wem sie es zu tun hatte. Sie ging an ihm vorbei und ließ ihn einfach stehen. Dr. Linde beobachtete sie und sah, dass sie sich in Richtung Küche bewegte.
Dr. Lars Linde ging langsam hinter ihr her und blieb am Pfosten der Tür stehen. Stella hob kurz den Blick zu ihm und sagte: „Na, Doc, haste auch Hunger, ich würde gern etwas essen. Normal koche ich für meine Eltern, das kann ich mir heute

sparen, dafür könntest du mitessen."
Lars versuchte sich in ihre Situation hineinzuversetzen, in der sich Stella befand. Sie war wütend auf ihre Eltern und das brachte sie mit ihren Worten zum Ausdruck. Er versuchte einen Zugang zu ihr zu finden und so ließ er sich auf das Spiel ein. „Klar, wenn es keine Umstände macht, würde ich gern etwas essen. Soll ich dir etwas helfen?"
Stella warf ihm eine Schürze zu und sagte: „Du kannst das Gemüse putzen und dann den Tisch decken." Brav zog er die Schürze an und stellte sich neben Stella an die Küchenzeile. Nahm ein Brett aus der Halterung an der Wand und fing an, das Gemüse, das neben ihm lag mit dem Messer, das ihm Stella reichte, zu putzen.
Lars warf immer wieder einen verstohlenen Blick zu Stella herüber und er hatte das Gefühl, dass auch sie zu ihm schaute, wenn er nicht hinsah. Er war nicht wirklich bei den Möhren, die er in die Mangel nahm. Er flüchtete in seine Gedanken, da auch die Stille gerade sehr erdrückend war, die zwischen Stella und ihm entstand. Er hätte es lieber gesehen, dass sie sprach und wenn sie ihn anschreien würde, auch das würde er begrüßen. Er dachte darüber nach, wie er ohne ein schlechtes Gewissen zu haben aus der Nummer wieder heil heraus kommen konnte. Der Beschützerinstinkt für dieses junge Mädchen war längst in volle Bereitschaft getreten.
Er wurde aus den Gedanken gerissen, als Stella ihn ansprach: "So wird das nichts Doc, nur vom Anschauen putzt sich das Gemüse nicht. Geh mal zur Seite, du kannst den Tisch decken, ich mache das hier fertig."
Er sah sie ertappt an und ging etwas zur Seite, um für sie den Platz vor dem Gemüse zu räumen. „Entschuldige, aber ich habe gerade darüber nachgedacht, was du vorhin gesagt hast.

War das dein Ernst?"
Sie blickte ihn an und fragte ebenfalls: „Was meinst du, was soll ich gesagt haben?"
„Na, das du keine Verwandtschaft hast", erwiderte er.
Stella überlegte kurz und dachte wohl darüber nach, ob sie ihm antworten sollte. Sie sah ihn an und ihr Blick ging wieder zurück zu dem Gemüse, das sie in der Hand hielt. Lars hatte schon ein paar Schritte hin zu dem angrenzenden Raum gemacht. Er rechnete nicht mehr mit einer Antwort, als er plötzlich ihre Stimme hörte: „Meine Eltern sind Waisen und so haben sie sich auch schon als Kinder kennengelernt. Sie haben sich eine Zukunft aufgebaut und dabei waren sie das Fundament. Es gab für sie keine Vergangenheit. Keine Menschen, die ihnen einen Weg vorgaben oder sie in irgendeiner Richtung unterstützt hätten. Sie haben sich alles selber erschaffen."
Die Stille die entstand, da Lars darauf keine Worte fand, war unerträglich. Das musste er erst einmal verarbeiten.
„Was haste jetzt vor Doc?", traf sie ihn mitten in seine Gedanken hinein.
„Wie meinst du das?", kam es von Lars zurück.
„Hast du keine Familie, zu der du dich auf den Weg machen musst?", kam es zynisch von ihr. Er hatte das Gefühl, dass das Spiel jetzt in die zweite Runde ging. *Sie will mich unbedingt loswerden,* dachte er und sagte: „Nein, ich lebe allein. Ich bin eher mit meiner Arbeit verheiratet. Da hat sich noch nichts ergeben."
Stella wandte sich vom Gemüse ab und blickte zu Lars. Sie musterte ihn von oben bis unten und von unten nach oben. Ganz langsam, damit er es auch mitbekam. „Naja, da musst du dich aber ranhalten, der Jüngste bist du auch nicht mehr. Oder

hast du dir bei mir was ausgemalt. Das kannst du direkt vergessen, ich habe für sowas keine Zeit!"
Das hat gesessen und er schluckte, bevor er erwiderte: „Ich habe nicht eine einzige Minute daran gedacht, dich in mein Beuteschema aufzunehmen. Erstens ist es kein Zeitpunkt über so etwas nachzudenken und zweitens bist mir viel zu jung. Ich bin als dein Arzt hier und nichts anderes. Da du mich aber auf mein knackiges Alter angesprochen hast, ich bin siebenundzwanzig und bei weitem noch kein alter Greis!"
Stella lachte, obwohl sie ihn wohl am liebsten geschlagen hätte, da er ihr nicht wirklich eine Angriffsfläche bot. So gab sie nur scharf von sich: „Dann hätten wir das ja auch geklärt. Hast du den Tisch gedeckt?"
Lars schaute zum Tisch, der noch unberührt dort stand. „Wo finde ich Geschirr?", fragte er, als er zum Tisch hinüber trat.
Die Antwort kam prompt aus der Küche: „Messer und Gabel bei mir, die Teller links oben in der Anrichte und in der unteren Schublade rechts, Tischdecke und die Servietten."
Er fand alles und fing auch mit einem kurzen Blick die Fotoalben ein. Die hätte er gern gegriffen, um sich von dieser Familie ein Bild zu machen. War Stella schon immer so, wie sie sich gerade gab, oder hatte der Schicksalsschlag etwas in ihr ausgelöst. Er hatte keine Ahnung, ob das nicht die ganz normale Stella war. Er konnte nur immer wieder vermuten, was sie gerade durchmachte. Wie schwierig es sein musste mit einem fremden Mann in ihrem zu Hause zu sein und sich nicht einfach ins Bett werfen zu können, um den Tränen freien Lauf zu lassen. War es nicht genau das, was ihm Angst machte, dass sie dieses Trauern nicht hatte. Dass sie nicht den Rückzug antrat, sondern mit ihrer geballten Wut versuchte, um sich zu treten und er war der Prellbock.

Ein Blitz traf ihn durch die Scheibe und noch ein Zweiter, kurz darauf ein ganzes Blitzlichtgewitter. Die Teams der Sendeanstalten waren immer noch vor dem Haus postiert. Sie ergriffen jede Gelegenheit für ein Foto, und da die Fenster geöffnet waren, konnten sie jetzt durch das Licht, das er eingeschaltet hatte, mitverfolgen, was sich im Inneren ereignete. Auch die Nacht würde sie nicht abhalten, dort draußen zu stehen und darauf zu warten, dass Stella oder er selbst das Haus verließ. In Windeseile zog Lars die Rollläden auf der Seite zur Straße zu. Er war sehr froh, dass er auf dem Bild abgelichtet wurde und nicht Stella. Sie würden zwar etwas erfinden, warum er noch bei ihr war, aber eine wirkliche Story konnten sie daraus nicht basteln.

Lars trat in den Flur und schaute mit einem Blick in die angrenzenden Zimmer, um auch dort die Fenster zu verriegeln. Er beeilte sich, da er Stella nicht beunruhigen wollte und sie nichts mitbekommen sollte. Aus der Küche klang Stellas Stimme: „Wo bleibst du? Das Essen ist fertig!"

Er kam zu ihr und nahm ihr das Besteck ab, das noch auf dem Tisch platziert werden musste. Stella trug die Schüsseln, die sie zurecht gemacht hatte hinter ihm her, um sie auf den Tisch zu stellen.

„Trinken wir ein Glas Wein beim Essen, das machen wir immer so?", sagte sie als wäre es heute nur eine Ausnahme, dass statt ihrer Eltern er am Tisch saß.

„Gern, wo ist er? Soll ich ihn öffnen?" fragte er, um so normal wie möglich zu klingen.

Er war hin und hergerissen, ob er mit Gewalt auf die Tatsache hinweisen sollte, dass ihre Eltern nicht wiederkamen. Oder ob er das Spiel, das alles andere als ein Spiel war, mit allen Konsequenzen mitspielen sollte. Er entschied sich erst einmal

für die zweite Variante.
„Wo sind die Gläser?", rief er, denn Stella war in den Keller gegangen, um den Wein aus einem Regal zu holen.
„In der Anrichte, Mitte links", rief sie aus dem Keller zurück.
Die Gläser hatte er gefunden, und gerade als er sie auf den Tisch stelle, trat auch Stella wieder in den Raum.
„Der passt", damit meinte sie den Wein und hatte auch schon den Korkenzieher aus der Schublade der Anrichte gegriffen, um ihn zu öffnen.
Sie setzten sich gegenüber und Stella sah, dass die Rollläden herunter gelassen waren. Das hatte sie gar nicht mitbekommen und es war auch nicht üblich, dass man sich in diesem Haus versteckte.
„Wieso sind die Rollläden unten? Das machen wir nicht!", und wollte aufstehen.
„Machen wir heute eine Ausnahme", bat er sie, „ich möchte nicht, dass uns die Menschen da draußen zuschauen, wenn wir essen."
Sie sah ihn an und wollte gerade wieder eine bissige Bemerkung machen, als sie aber innehielt und einfach seinen Wunsch respektierte.
Lars war überrascht, wie gut Stella kochen konnte.
„Das schmeckt ausgezeichnet", sagte er und blickte über den Tisch. Sie antwortete nicht, sondern schaute ihn nur starr an.
Er sprach einfach weiter und hoffte sie damit zu erreichen: „Ich esse meist in der Kantine, da ist das Essen immer gleichschmeckend. Du verwöhnst mich regelrecht."
„Glaub ja nicht, dass das zur Gewohnheit wird, dass ich dich hier durchfüttere", kam es prompt von Stella.
Als sie mit dem Essen fertig waren, sagte sie: „Ich muss noch zu meinen Büchern, wir schreiben morgen eine Klausur und

dann gehe ich zu Bett. Du kannst jetzt gehen!", und dachte, damit wäre das Thema Doc erledigt.

Er stand zwar mit auf und ging ihr beim Abräumen zur Hand, aber machte keine Anstalten zu gehen.

„Doc, mal ehrlich, wie stellst du dir das jetzt vor?" Bei diesen Worten hatte sie sich vor ihm so postiert, dass er die Küche nicht verlassen konnte. Sie wollte eine Antwort von ihm.

„Stella, ich möchte bleiben, sonst müsste ich einen Kollegen rufen und dich in ein Krankenhaus bringen lassen."

Er wusste, dass er sich auf einem ganz schmalen Grat bewegte, insbesondere mit seiner geringen Praxiserfahrung, denn allzu lang durfte er sich noch nicht Doktor nennen. Klar hatte er bei seinen Kollegen auch solche Umstände kennengelernt. Aber jeder Mensch reagiert bei Schmerz, Freude oder einer anderen Emotion anders. So sprach er weiter leise auf sie ein: „Stella, ich werde im Wohnzimmer auf der Couch übernachten, dann störe ich dich nicht. Du kannst dann schlafen gehen, und wenn du in der Nacht Probleme hast, bin ich da! Können wir uns darauf einigen?"

Stella schaute ihn an, da sie gerade nicht wusste, wie sie die Situation bewerten sollte. Bockig, wie er sie seit heute Mittag kannte, bekam er seine Antwort: „Klar Doc, wegen mir kannst du auch noch hier pennen. Ich habe langsam das Gefühl, das du eine billige Bleibe suchst, so wie du dich hier breit machst."

Er konnte nicht anders als den kleinen weiteren Sieg, mit einem kurzen Lächeln zu honorieren. Lars spürte, dass sie eigentlich gegen sich selbst sprach und alles von sich stieß, was ihr gut tun würde. Sie wollte nicht allein bleiben, das las er aus ihren Worten und Gesten, aber alles in ihr sträubte sich das zuzugeben.

Stella drehte sich herum und verließ den unteren

Wohnbereich, um in ihr Zimmer nach oben zu gehen. Sie ließ ihn ohne ein weiteres Wort stehen.

Lars stand noch eine Weile in der Küche und kam sich sehr verloren vor. Unter anderen Umständen wäre es gar nicht so abwegig gewesen, dass ihm diese Frau, die um sich schlug, als würde sie auf einen gefühllosen Sandsack eindreschen, die männlichen Sinne in Bewegung brachte. Aber hier war er nicht einmal auf den Gedanken gekommen, bis Stella ihn direkt damit konfrontierte, dass er mehr wollte, als ein Freund zu sein. Aber es interessierte ihn, was hinter der Fassade dieses Mädchens steckte, so dass er nicht umhin konnte und nach den Alben griff, die er vorhin zufällig gesehen hatte. Er setzte sich mit den Büchern auf die Couch und fing an zu blättern. Stella war fast auf jedem Bild. Ihr komplettes bisheriges Leben war abgeheftet. Man hatte das Gefühl, dass ihre Eltern jeden Moment ihres Lebens in Fotos festhalten wollten. Immer wechselnd mit Mutter und Vater, so dass der eine Elternteil bei ihr war und der andere das Foto schoss. Er machte sich ein Bild darüber, wie eng diese drei Personen miteinander waren, denn es gab kaum einmal andere Personen, die in diese Kombination einbrechen konnten. Er fragte sich: *Es muss doch Freunde geben, oder Schulkameradinnen, die mit ihr gemeinsam Dinge unternehmen. Eine beste Freundin ...* – aber Leere – *denn nichts wies darauf hin. Sie wären doch bestimmt heute vorbei gekommen – die Freunde ihrer Eltern hätten sich doch gemeldet – wo waren sie?*

Es beschäftigte ihn noch eine Weile, bis er die Bücher beiseite stellte. Er griff nach der Decke, die auf der Couch lag. Legte sich auf die Couch und zog die Decke über sich, um zu schlafen. Das Haus war still und er ging davon aus, dass auch Stella schlief.

Sie saß noch lange über ihren Büchern und lernte für die Klausur, da sie dazu den ganzen Tag nicht gekommen war. Aber so wirklich wollten sich die ganzen Texte in den Büchern nicht einprägen. Viel mehr schweifte sie immer wieder ab und hatte eine stink Wut, dass ihre Eltern nicht da waren und sie jetzt einen Doc am Hals hatte, der sich nicht abschütteln ließ. Sie ging zu Bett, aber die Gedanken wirbelten weiter in ihrem Kopf. „Mich ins Krankenhaus einweisen, was bildet der sich ein. Ich bin doch nicht krank. Wenn Mama und Papa da wären, dann würden sie ihn hochkant rauswerfen", sagte sie, als würde sie sich mit jemandem unterhalten. „Aber mit mir nicht mein Freund. Morgen früh werde ich dich daran erinnern, dass das unser Haus ist. Da kann ja jeder kommen …" Mit den Gedanken daran, wie sie ihm am nächsten Morgen den Laufpass geben würde, schlief sie ein, als wäre es das größte Problem, das sie gerade hatte.

Die Nacht war ruhig und das Summen der Klingel, lies Lars aufschrecken. *Nein, es ist gerade kurz vor sechs. Sagt jetzt nicht, dass die da draußen das Haus stürmen wollen. Oder sollte es die Polizei sein?*

Um das herauszufinden, erhob sich Lars, strich sich mit den Fingerspitzen durch das Haar und sah sein zerknautschtes Hemd über der Jeanshose, da er sich, so wie er war, auf die Couch gelegt hatte. Von Stella war nichts zu hören, sie schien sich für den morgendlichen Besuch nicht zu interessieren.

Er nahm den Griff der Haustür und drückte ihn nach unten, wobei er die Tür nach innen aufzog. Sofort hatte er eine Meute vor der Tür, die versuchte ins Innere Bilder zu schießen

und so wirklich hatte er keine Ahnung, wer an der Tür geklingelt hatte. „Wie taktlos sind sie, haben sie keinen Anstand?" Er konnte es nicht fassen und schüttelte nur den Kopf. Dabei nahm er die Tür, die er gegen die drängelnde Menge mit ziemlicher Kraft versuchte zuzudrücken.
„Haaaaaaalt!", hörte er eine Frauenstimme. Er schaute sich um und sah die winkende Frau in der Masse. Sie versuchte sich aus den jetzt auf sie gerichteten Mikrofonen zu befreien, um wieder zur Tür zu gelangen, von der sie zurückgedrängt worden war. Lars konnte nicht von der Tür weg, dann würde er den Weg zu Stella freigeben, also wartete er den Moment, bis die Frau bei ihm war, um hinter ihr die Masse davon abzuhalten, den Eingang des Hauses zu erstürmen. „Das ist doch alles nicht wahr", sagte er, als er die Tür geschlossen hatte.
Frau Pichel war total außer Atem, sie war froh aus dieser Enge heraus zu sein. Sie sah den Herrn an, der ihr die Tür geöffnet hatte und wie ein Hund diesen Eingang bewachte. Ohne sich vorzustellen, fragte sie, „Ist Stella im Haus?"
„Ja", kam es von Lars und er wurde hellhörig. *Doch jemand der die Familie kannte, also waren doch Freunde da* – schoss es ihm durch den Kopf.
„Wer sind sie, wenn ich fragen darf?" denn Lars wollte keine versteckten Journalisten hineinlassen und gern wissen, mit wem er es zu tun hatte.
„Ich bin die Sekretärin von Frau Weis. Ich konnte gestern nicht mehr weg, da wir bis spät in die Nacht die Polizei im Büro hatten, aber ich habe mir große Sorgen um Stella gemacht. Ich hatte gestern Abend noch versucht anzurufen, aber das Telefon scheint defekt."
„Das tut mir leid", sagte Lars, denn das hatte er nicht gewollt.

„Ich habe den Stecker am Nachmittag gezogen, um Stella vor der Presse, die am laufenden Band anrief, zu schützen."
Das reichte Frau Pichel als Antwort und so stellte sie eine erneute Frage: „Wie geht es Stella und was machen sie hier?"
Wieder kam es Lars vor, als müsse er sich erklären, dabei wollte er doch nur helfen: „Ich bin Arzt und wurde gestern von der Polizei hinzu gebeten, als man Fräulein Weis die Mitteilung über den Tod ihrer Eltern machte und sie zusammenbrach."
Frau Pichel wurde weiß im Gesicht. Nicht nur, dass sie mit der Trauer um ihre Chefin, die über Jahrzehnte mehr als nur eine Chefin für sie war, fertig werden musste, sondern auch jetzt feststellte, dass es der Tochter den Boden unter den Füssen weggezogen hatte.
Lars bat sie, sich im Wohnzimmer zu setzen. Sie ging voraus, zog ihre Jacke an der Garderobe im Flur aus und hängte sie auf, bevor sie das Wohnzimmer betrat. Frau Pichel nahm die Decke beiseite und setzte sich auf die Couch, auf der eben noch Lars geschlafen hatte. Lars ging zur Küche und füllte ein Glas Wasser, das er Frau Pichel reichte. Sie nahm es dankend an und trank einen Schluck, bevor sie weiter fragte: „Wie geht es ihr? Wie kommt sie mit der Situation zurecht? Kann ich irgendetwas für sie tun?"
„Na, da sind ja bald alle komplett!", kam es schroff von der Tür als Stella den Raum betrat. „Wollt ihr für mich auch noch eine Betreuungshilfe engagieren? Der eine will mich einweisen lassen, aber vielleicht ist ja auch noch ein Platz im Kindergarten frei."
Frau Pichel sah Stella mit großen Augen an. Sie konnte nicht fassen, wie Stella mit ihnen sprach. Was ist passiert, wo war die nette sympathische Frau, die sie kannte.

Frau Pichel sah Lars an. Sie erhoffte sich eine Erklärung von ihm. Lars ging auf Stella zu und versuchte leise auf sie einzureden. „Hast du ein bisschen schlafen können?"
„Doc, komm schon, das kannst du besser. Ich für meinen Teil gehe mir jetzt Frühstück machen und dann zur Schule!"
„Lass uns das gemeinsam machen, ich denke Frau Pichel trinkt auch eine Tasse Kaffee mit uns."
„Ich trinke Tee", sagte Stella schroff, „was ihr euch macht, ist mir egal!"
Lars hatte das Gefühl, den kältesten Menschen, den er je kennengelernt hatte, vor sich zu haben. Er fasste sie bei der Schulter, um ihr mit der Geste ein wenig beizustehen. Sie schüttelte die Hand ab und drehte sich zur Küchenzeile hin um. „Lasst mich doch einfach in Ruhe, ich komme schon klar."
Stella machte mit ein paar Handgriffen ihre Brote fertig. Den Teebeutel übergoss sie mit Wasser, damit er ziehen konnte.
Frau Pichel hatte von der Couch aus dem Schauspiel zugesehen und verlor nach und nach die restliche Farbe in ihrem Gesicht. Was war mit dem Mädel passiert? Sie konnte es wie Lars nur im Ansatz erahnen und versuchen zu verstehen.
Lars trat zu ihr und setzte sich auf die Lehne der Couch, wobei er Frau Pichel ansah und sagte: "Ich glaube, hier bin ich an den Grenzen meiner Fähigkeiten angekommen. Ich bin nur Arzt, kein Psychologe. Ich weiß nicht, wie ich sie aus dieser Stimmung herausholen kann. Dabei würde ich ihr sehr gern helfen!"
Frau Pichel sah, wie aufrichtig Lars es meinte und es tat ihr ein wenig leid. Für sie sah es nach mehr aus, was dieser Arzt für seine Patientin fühlte, er hatte wohl die neutrale Position verloren.

„Ich glaube nicht, dass Stella zu einem ihrer Kollegen gehen würde. Sie erscheint mir gerade wie eine fremde Person. Ich kenne sie so nicht. Was ist denn gestern passiert?"
„Redet nur weiter über mich, als wäre ich gar nicht da. Ich gehe auch gleich, dann könnt ihr euch in aller Ruhe austauschen", kam es von Stella, die sich wütend über die beiden an den Esstisch setzte. Sie hatte sich ihr Brot und den Tee mitgebracht und schaute beim Kauen wild im Raum umher. Dabei blickte sie durch die beiden Anwesenden hindurch, als wären sie nicht da.
Lars und Frau Pichel sahen sich an und Lars ergriff das Wort.
„Möchten sie einen Kaffee, Frau Pichel? Ich werde uns ein bisschen Frühstück bereiten."
Frau Pichel merkte, dass Lars versuchte, die Aufmerksamkeit von Stella auf ihre eigene Art zu erreichen. „Ja gern, soll ich ihnen helfen?"
„Geht schon, bin gleich zurück", sagte er noch und war schon in der Küche aktiv.
„Stella", kam es herzlich von Frau Pichel, „wir müssen uns unterhalten. Wir müssen schauen ..."
„Wir müssen gar nichts. Was sie machen, ist mir egal. Ich gehe jetzt in die Schule und mache in ein paar Tagen mein Abitur fertig. Für mehr habe ich keinen Kopf!"
„Aber Stella", kam es wieder von Frau Pichel „deine Eltern ..."
Das war zu viel und Stella sprang wütend auf: „Meine Eltern. Was ist mit meinen Eltern? Die sind nicht da! Und wenn sie da wären, dann würdet ihr nicht so einen Blödsinn verzapfen, von wegen ich bin nicht fähig auf mich aufzupassen. Lasst mich doch einfach in Ruhe." Sie ließ alles auf dem Tisch stehen, schnappte sich ihre Tasche, griff nach ihrer Jacke an der Garderobe und zog die Haustür auf.

Sofort stand sie in einem hellen Blitzlichtgewitter und wieder kamen Menschen mit Stangen, an denen Mikrofone hingen, auf sie zu gerannt, so dass sie nach zwei Minuten die Tür wieder schloss. Lars und Frau Pichel waren sofort zu ihr gesprungen und standen hinter der erstarrten Stella. Die Wut, die sie eben noch im Raum verteilt hatte, war aus ihr erloschen. Lars nahm sie erneut bei den Schultern und sie ließ sich wortlos zurück in den Wohnbereich führen. Stella setzte sich auf die Couch und Frau Pichel nahm neben ihr den Platz ein. Sie nahm Stellas Hand, um ihr mit dieser Geste zu zeigen, dass sie nicht allein sei.

„Wir müssen erst einmal schauen, dass wir heil aus diesem Haus herauskommen", sagte Frau Pichel zu Lars gewandt. „Ich würde Stella mit zu mir nehmen und denke, da ist sie vor der Presse sicher", fügte sie hinzu und beobachtete Stella bei ihren Worten, die wie ein kleines Kind, das unartig war, auf den Boden blickte.

Lars suchte in seinen Taschen und zog eine Visitenkarte heraus. Steckte den Stecker der Station, den er gestern gezogen hatte, wieder in die Steckdose. Nahm das schnurlose Telefon und wählte die Nummer auf der Karte. Es dauerte einen Moment, dann sprach er: „Dr. Linde hier, kann ich den Polizisten Elbig sprechen?"

Durch den Hörer vernahm er ein: „Moment bitte."

Kurze Zeit später: „Hören sie", kam es aus dem Telefon.

„Ja"

„Er ist mit seinem Kollegen auf Streife, soll ich sie verbinden?"

„Das wäre sehr freundlich", sagte Dr. Linde, da er sein Anliegen auch gern an die Männer weitergeben wollte, die die Situation kannten.

„Elbig, Dr. Linde gibt es ein Problem?" kam es nach einem

Knacken kurz darauf aus dem Telefon.
„Herr Elbig, wir kommen nicht aus dem Haus, da wir von der Presse belagert werden. Können sie uns unterstützen?"
„Es wird etwas dauern, aber wir werden uns beeilen, zu ihnen zu kommen." Damit wurde das Gespräch beendet.
„Die Polizei wird kommen, dann können wir hoffentlich den Geiern entkommen", sprach Lars und kam sich vor wie in einem schlechten Krimi. Er dachte: *Da sitzt eine Frau, die nichts gemacht hat und nur weil die Umstände eines gerissenen Stahlseils zu einem Unfall führten, wird sie wie eine Verbrecherin gejagt. Was sind das nur für Menschen.*
Zu Stella sagte er jetzt mit einem sehr ernsten Ausdruck: „Stella, am besten packst du deine Bücher und ein paar Sachen ein, denn wie du gesehen hast, kannst du im Moment hier nicht bleiben!"
Sie sah ihn an und das, was er jetzt erwartete blieb aus. Sie sagte nichts, kein kratzbürstiger Kommentar. Er sah ihr nach als sie das Zimmer verlies.
„Sie kann zu mir ziehen, bis sich die Situation beruhigt hat", sagte Frau Pichel und Lars war ihr dankbar.
Er hätte nicht gewagt zu fragen, aber es wäre ihm unangenehm gewesen, sie mit in seine Wohnung zu nehmen. Er sagte: „Das machen wir so und ich gebe ihnen meine Telefonnummer, da bin ich dann für sie Tag und Nacht erreichbar, wenn was sein sollte."
Frau Pichel erschrak, denn so war das nicht gemeint, sie brauchte den Arzt an ihrer Seite. „Sie können mich nicht allein lassen! Ich dachte, sie schauen mit mir zusammen nach ihr. Ich habe keine Ahnung was passiert, wenn man einem solchen Gemütszustand ausgesetzt ist. Wir müssen die Beerdigung planen und ich bin nur die Sekretärin ihrer Mutter, ich kann

keine Entscheidungen treffen."
Lars zog eine Karte aus seiner Jackentasche im Flur und drückte sie Frau Pichel in die Hand. Er sah sie an und sagte: „Lassen sie uns erst einmal hier herauskommen, alles andere findet sich."
Frau Pichel setzte hinzu: „Wir müssen die Papiere der Eheleute mitnehmen. Ich möchte ungern suchen, können wir Stella danach fragen?"
Lars überlegte einen Moment, bevor er antwortete: „Sie weiß, dass ihre Eltern tot sind. Sie akzeptiert es nur nicht. Sie müssen sich das so vorstellen, als würde sie erhoffen, dass alles nur ein Traum ist. Fragen sie Stella ganz normal danach und sie wird sie ihnen geben, davon bin ich überzeugt."
Stella kam mit einem Koffer in der Hand und einer Tasche, in der die Büscherecken sich herausdrückten, zurück in das Wohnzimmer.
„Und jetzt?" sie hatte wieder Fahrt aufgenommen, um in ihr altes Schema zu gelangen. Der Ton war ruppig und bockig zugleich.
Frau Pichel stand auf und ging auf Stella zu, nahm ihr den Koffer und die Tasche ab. Stellte beides an die Seite vor die Anrichte. Am liebsten hätte sie Stella tröstend in den Arm genommen, ging aber nur einen weiteren Schritt auf sie zu und hatte Angst vor ihrer Reaktion bei dem, was sie jetzt fragte: „Weißt du, wo deine Eltern ihre Papiere aufbewahrt haben? Wir brauchen sie, um die Behördengänge zu erledigen."
„Klar", kam es knapp von Stella zurück. Sie ging in Richtung Schlafzimmer und machte die Tür auf. Am Sekretär, der in dem Raum stand, griff sie in eine Schublade. Zog eine Mappe heraus und reichte sie Frau Pichel, die ihr gefolgt war.

Sie öffnete die Mappe und warf einen kurzen Blick hinein. Dabei sah sie, dass alle wichtigen Unterlagen, die gebraucht wurden, im Inneren waren.
Sie erschrak, als sie ein Kuvert sah mit der Aufschrift:

TESTAMENT

Wobei sie dachte: *Darum kümmern wir uns später.*

„Komm Stella, ich denke, dass die Polizisten gleich da sind, dann kommst du erst einmal mit zu mir." Stella merkte, dass Frau Pichel jetzt keine Lust hatte, das mit ihr auszudiskutieren, denn es kam auch von ihr sehr forsch. Sie verließen den Raum und hörten, dass im Flurbereich Stimmen waren, die sich mit Lars unterhielten. „Kommt ihr?", rief Lars ihnen zu.
Stella packte ihren Koffer und die Büchertasche, ging zur Garderobe und warf sich die Jacke erneut über den Arm, da sie Lars zurück an die Garderobe gehängt hatte, nach dem missglückten Versuch, das Haus zu verlassen. Um die Jacke wieder mitzunehmen, hatte sie die Tasche noch einmal kurz abgestellt. Frau Pichel schnappte sich während des Gehens ihre Handtasche, die auf der Couch stand, und fasste die Jacke, die sie an der Garderobe beim Hereinkommen abgelegt hatte. Zu den Polizisten gerichtet sagte sie: "Wir sind so weit. Was sollen wir machen?"
Der jüngere der beiden Polizisten fragte: „Wie kommen sie von hier weg, haben sie ihre Autos irgendwo stehen?"
„Stella kommt mit mir, ich habe mein Auto gleich rechts neben der Einfahrt des Hauses stehen", gab Frau Pichel zur Antwort und Lars meinte: „Ich auch."
Der Polizist nickte und gab ein Zeichen: „Bleiben sie hinter uns,

wir werden die Leute zurück weisen und sie können in ihre Autos einsteigen. Sollte noch etwas sein, wissen sie, wo sie uns erreichen und wenn wir noch Fragen haben", dabei sah er Frau Pichel an: „Dann melden wir uns im Büro." Jetzt war es Frau Pichel, die zustimmend nickte und das war für den Polizisten das Zeichen, dass er die Tür öffnen konnte.

Die Reporter waren in Stellung gegangen, da sie durch die Anwesenheit der Polizisten vermuteten, dass jetzt etwas passieren würde. Die Haustür ging auf und sofort war ein Stimmengewirr zu hören, als man die Polizisten mit den Personen im Hintergrund sah. Herr Elbig, der ältere Polizist, und sein Kollege hakten sich unter, um erst einmal eine kleine Mauer zu bilden, womit sie die Reporter nach hinten schoben. Sie machten das so geschickt, dass Stella mit ihren beiden Begleitern hinter ihnen durch an ihre Autos treten konnten. Zügig stiegen sie ein und verriegelten die Türen von innen. Lars konnte ungehindert losfahren, da die Hauptperson bei Frau Pichel im Auto saß. Der Motor ihres Autos lief zwar schon, aber Frau Pichel konnte nicht losfahren, da sich ein Reporter fast auf die Motorhaube geworfen hatte. Die Polizisten rissen ihn am Ärmel weg und gaben ihr ein Zeichen zu starten.

Sie atmete spürbar auf, als sie ein Stück vom Haus entfernt waren und sie die Meute im Rückspiegel sah. Dabei blickte sie neben sich auf Stella, die mit einem wütenden Gesicht in ihrem Sitz saß. „Stella geht es dir gut?", fragte Frau Pichel.

„Ob es mir gut geht? Sie wollen wissen, ob es mir gut geht?", dabei lachte sie schallend auf. „Wie geht es ihnen denn, wenn sie wie bei einem Zoobesuch in einem Käfig sitzen und nur warten, dass man ihnen die Banane reicht, damit sie ein schönes Motiv abgeben. Was wollen die denn von mir, ich

habe mit dem ganzen Kram nichts am Hut!"
Es hallte nach in Frau Pichels Gehör: *... mit dem ganzen Kram; was sie wohl damit meinte? ...* dachte sie. *Dass ihre Eltern tot waren, oder dass sie nicht begriff, welche Rolle sie dabei spielte.*
Sie sagte laut: „Lass uns erst einmal zu mir fahren, da bist du sicher."
„Das meine ich, bis gestern war alles total normal und heute bin ich eine Gejagte oder wie muss ich dieses Treiben verstehen. Was habe ich denn gemacht?"
„Stella, das wird sich geben, du weißt doch selbst wie das mit den Medien ist. Auf der einen Seite möchte man immer direkt informiert sein und nimmt auch in Kauf, wie man an die besten Informationen kommt. Auf der anderen Seite, wenn man selbst die besagte Information ist, dann ist es schwer zu verstehen, warum Menschen das machen."
„Ich will davon nichts wissen, ich will einfach nur meine Ruhe haben und mein Abitur machen, verdammt nochmal. Fahren sie mich zur Schule?"
Die Frau neben Stella blickte sie erschrocken an: „Das kann ich nicht tun! Wenn ich dich da hinbringe, dann werfe ich dich den Löwen zum Fraß vor. Da werden sie schon auf dich warten, verstehst du es denn nicht?"
Stella sah sie still an und ihr Blick ging zurück nach unten auf die Fußmatte im Auto. Frau Pichel hätte gern gewusst, was sie jetzt dachte, aber konzentrierte sich auf die Straße und ließ sie in Ruhe über die Situation nachdenken.
Bis zur Wohnung von Frau Pichel wechselten die Frauen kein Wort mehr. Jede hing ihren eigenen Gedanken nach.
Sie parkte vor der Tür und war sehr froh darüber, dass sie kein eigenes Auto hatte, sondern sich gestern den Firmenwagen mitnahm, um zu Stella zu gelangen. Sonst würden spätestens

in zwei Stunden auch hier die Reporter herumlungern, da sie sich bestimmt das Kennzeichen notiert hatten.

Sie verließen das Auto und Stella folgte Frau Pichel zu dem Mehrfamilienhaus. In dieser Straße stand diese Art von Häusern immer um ein Stück versetzt in Reih und Glied. Nur die Balkongestaltung unterschied sie voneinander. Es schien eine Siedlung zu sein, die von ein und demselben Bauherrn in Massenanfertigung gebaut worden war.
Frau Pichel öffnete die Tür der Nr. 17 und hielt sie auf, bis Stella vorbei gegangen war. Im Eingangsbereich des Hauses war ein lang gezogener Flur mit fest in der Wand integrierten Briefkästen an der linken Seite. Frau Pichel schloss einen der Kästen auf und nahm einen Brief heraus. „Wie immer nur Werbung", sagte sie mehr beiläufig und setzte den Weg zur Treppe am Ende des Flurs fort. Immer gefolgt von Stella. Im 2. Stock nahm Frau Pichel erneut ihren Schlüssel heraus und schloss die Eingangstür zu ihrer Wohnung auf. Dabei sagte sie zu Stella: „Komm rein und wir schauen einmal, wo du dich ausbreiten kannst."
Das war für Stella scheinbar wieder ein Stichwort um ihre gute Laune zu verbreiten: „Ich werde mich gar nicht erst ausbreiten, ich werde eh nicht lange bleiben. Das wird ja immer schöner, dass ich jetzt auch noch um Asyl bei der Sekretärin meiner Mutter ersuchen muss."
„Stella!", blaffte jetzt Frau Pichel heraus: „Hörst du dir auch selbst noch zu, bei dem was du anderen um die Ohren haust?"
„Wieso, ist doch die Wahrheit", schrie sie zurück und hätte gern noch ein bisschen ihrem Frust Freiraum verschafft, aber Frau Pichel drehte sich um und lies sie im Eingang stehen.
Sie legte ihre Sachen auf den Küchentisch und wartete, dass

Stella sich zu ihr bemühte. Es dauerte eine ganze Weile, bis sie es sich überlegt hatte. Stella blickte sich um und hätte wohl normalerweise ein paar nette Worte gefunden, aber in der jetzigen Situation kam von ihr nur: „Ist ja ganz schön mickrig hier, haben meine Eltern kein gutes Gehalt gezahlt?"
„Es reicht Stella, ich bin nicht deine Feindin. Ich habe deine Mutter unterstützt. Jetzt möchte ich dich unterstützen, da sie es nicht mehr kann. Ich habe immer mitbekommen, wie sie für dich da war. Deine Eltern haben ihr ganzes Leben auf dich ausgerichtet. Du scheinst es nicht zu sehen, aber du hättest keine Besseren finden können! Ich werde dir helfen, die Dinge zu regeln, die es zu erledigen gibt. Ich versuche einen Weg für dich zu finden, dass du dein Abitur machen kannst. Bitte gib mir auch die Chance dazu."
Für einen Moment war es still. Stella war hin und hergerissen, wie sie sich verhalten sollte. Sie dachte: *Hier will ich nicht bleiben, warum sollte ich das tun? Ich will in unser Haus. Die Fuzzis müssten doch verschwunden sein und davon ausgehen, dass ich nicht mehr da bin. Aber zur Schule kann ich wohl nicht, dazu brauche ich die Pichel.* So kam jetzt laut von Stella: "Ok, wo kann ich lernen?"
„Das kannst du im Wohnzimmer, gleich hier drüben", und machte die Tür auf, die von der Küche abging. „Da ist auch ein Schlafsofa drin, das wir dir nachher beziehen", kam es von Frau Pichel, die sehr froh war, dass Stella wohl ein wenig Einsicht hatte.
Stella ging hinein und machte die Tür hinter sich zu. Sah sich kurz im Raum um und musste gestehen, dass es ein sehr modern eingerichteter Raum war. Das hätte sie Frau Pichel nicht zugetraut. Sie war eher der schlichte elegante Typ. Ein behaglich warmer in Weiß und Schwarz gestalteter Raum. Die

kleinen Dinge, die umherstanden, gaben dem Raum das gewisse Etwas.

Sie schmiss die Tasche auf das Sofa und den Koffer stellte sie auf dem Boden daneben ab. Setzte sich auf das Sofa neben ihre Büchertasche, nahm diese und kramte ein paar der Bücher heraus um sie auf den Tisch vor dem Sofa zu legen.

Es dauerte ein bisschen, bis sich Stella orientiert hatte. Ihre Bücher und Mappen spiegelten im Moment das gleiche Chaos wieder, das auch in ihrem Inneren herrschte. Sie schaute starr auf ihre Bücher und war in einen Dialog mit sich selbst getreten. *Warum lern ich überhaupt noch? Hat doch eh alles keinen Sinn mehr! Ich habe keine Lust auf Kindermädchen! Mensch Mami warum habt ihr das mit mir gemacht? Was habe ich falsch gemacht, dass ihr mich so bestraft? Ihr zerstört gerade mein Leben, hoffentlich ist euch das bewusst!*

Aber auf der anderen Seite wollte sie ein braves Mädchen sein und so kam die innere Stimme wieder: *Zieh das jetzt durch. Das brauchst du bestimmt noch. Hat lange genug gedauert, soweit zu kommen und das einfach wegwerfen wäre nicht richtig. Die paar Tage hältst du das schon aus!*

So saß sie kurze Zeit später über den Büchern und Mappen, die sie auf dem Tisch sortiert hatte. Sie schrieb ein paar Notizen auf, um an den Stellen, wo sie eine Unsicherheit verspürte, einiges noch intensiver zu lernen. Als wäre nichts passiert ging sie dem Lernpensum nach.

„Architektenbüro Weis&Weis, Braun am Apparat, was kann ich für sie tun?" hörte Carla Pichel die Ansage der Sekretärin von Herrn Frank Weis.

„Doris hier ist Carla, ich wollte mich nur melden. Ich werde die

nächsten Tage nur ins Büro kommen, wenn etwas Dringendes ist, da ich mich um Stella kümmere."
„Oh Carla, hier geht alles drunter und drüber. Keiner weiß, wie es weiter geht. Die Baustelle ist erst einmal komplett gesperrt. Die ersten Anfragen der Baufirmen, die jetzt ihre Aufträge auf Eis liegen haben, kommen herein. Die Polizei gibt keine Auskunft. Ich weiß nicht wo mir der Kopf steht", gab Frau Doris Braun ihrer langjährigen Kollegin und Freundin zu verstehen. Sie fügte noch an: „Wie geht es der Kleinen?"
Da hörte Doris, wie Carla tief durchatmete: "Frag nicht, du würdest eh nicht glauben, was ich hier mitmache. Ich kenne das Mädel nicht wieder. Sie steht unter einer Art Schock hat der Arzt erklärt. Stella ist so zornig auf alle und besonders auf ihre Eltern. Es wird mir angst und bange, wenn ich sie höre. Von Trauer keine Spur, als wäre alles gar nicht passiert. Ich erzähle dir alles, wenn ich wieder ins Büro komme. Sie ist bei mir in der Wohnung und ich möchte nicht in ihrem Beisein darüber reden, sie könnte mich hören", gab Carla zu verstehen.
„Wie in deiner Wohnung? Wieso das denn?", kam es erstaunt von Doris, die es natürlich genauer wissen wollte.
„Ich glaube", sagte Carla, „da brauchst du heute nur die Zeitungen aufschlagen. Sie wird von einer Horde Journalisten verfolgt, die Futter für die Ausgaben suchen."
Man hörte von Doris nur ein erstauntes: „Oh", und Carla sprach weiter: „Aber warum ich anrufe. Du hast doch eine Verbindung zu der Lehrerin am Friedrich Ebert Gymnasium, könntest du mir ihre Nummer geben? Ich würde Stella gern helfen, dass sie ihr Abitur nicht verschieben muss."
„Wieso denn verschieben? Ich suche dir die Nummer raus, oder soll ich anrufen und ihr deine Nummer geben?" fragte

Doris Braun ins Telefon.

„Das wäre noch besser!", antwortete Carla und fügte hinzu: „Sie kann auf keinen Fall zu ihrer Schule, da sie dort auch nur von Journalisten umringt wird. Das Problem ist, dass die Termine für die Prüfungen nächste Woche sind und bis dahin hat sich der Rummel wohl kaum gelegt. Eher kocht er noch einmal auf, wenn die Beerdigungen sind."

„Wann sind sie denn? Ist da schon etwas bekannt?", kam es von Doris.

Carla dachte mit Schrecken daran, dass sie das erledigen musste und sagte zu ihrer Kollegin: „Da muss ich mich heute drum kümmern, ich hoffe, dass ich das mit Stella zusammen machen kann. Ich habe keine Ahnung, ob es Absprachen gab."

Sie wurde ganz leise und man spürte, dass es für sie nicht einfach war.

Der Trubel um Stella drängte alles etwas in den Hintergrund, aber dann kamen so kleine Momente, wo man sich daran erinnert, warum diese Situation entstanden ist. Dass Menschen, die sie sehr gut kannte, aus dem Leben gerissen wurden. Sie fühlte mit Stella, die das wohl nicht konnte und stellte ihren eigenen Schmerz hinten an. Herr und Frau Weis waren nicht nur Chefs, sondern Menschen, die ihr über die Jahre sehr nahe gestanden hatten.

Zu Doris sprach sie: „Ich weiß es noch nicht, aber ich denke, dass wir das heute Abend spätestens sagen können. Danach kann ich dir Bescheid geben."

„Soll ich dir etwas abnehmen?", fragte Doris.

Und von Carla kam: „Es wäre schön, wenn du dich um den Kranz unseres Büros kümmerst; und ich müsste wissen, wann Herr Kinser im Büro ist, da ich ein Testament gefunden habe und es ihm gern geben würde. Sollte er heute nicht mehr

reinkommen, bringe ich es dir gegen Abend vorbei und du kannst das Testament an Herrn Kinser weiterleiten."
„Das machen wir so und ich rufe eben Margit, die Lehrerin an und gebe ihr deine Nummer", sagte Doris.
Sie verabschiedeten sich und legten auf.

Carla Pichel betrat langsam, eher hineinblickend, das Wohnzimmer. „Stella hast du einen Moment Zeit?", fragte sie und sah, dass Stella den Blick zu ihr hob und sagte: „Was gibt's denn schon wieder? Man hat ja nirgends seine Ruhe! Wie soll ich mich da vorbereiten?"
„Das tut mir leid Stella, ich würde mich auch gern in einer anderen Situation befinden, das darfst du mir glauben!"
Sofort war es wieder Stella, die die Aufforderung zum Schießen nutzte: „Soll ich wieder gehen?"
„Stella", sagte Frau Pichel, „bitte, du weißt, dass das so nicht gemeint war. Aber ich brauche dich um die Beerdigung vorzubereiten! Ich weiß nicht, wie deine Eltern sich das für sich gedacht haben."
„Ich will mit der Sache nichts zu tun haben. Wer und wie das geregelt wird, ist mir ziemlich egal!"
„Stella so geht das nicht!", sagte jetzt Frau Pichel in einem energischeren Ton: „Es sind deine Eltern, du kannst dich nicht ausschließen!"
„Ich kann und ich werde!", blaffte sie zurück, und fuhr fort: „Das Einzige was ich mache, das ist mein Abitur und deshalb wäre es nett, wenn sie mich allein ließen, damit ich lernen kann."
Carla Pichel zog die Tür wieder von außen zu, da sie den Raum gar nicht erst richtig betreten hatte. Sie ging zur Garderobe und kramte in ihrer Jackentasche. „Da ist es ja", sagte sie zu

sich selbst, ging zum Telefon und wählte die Nummer auf der Karte, die sie eben aus der Jackentasche zog. Tuuuuuut … Tuuuuuut … Tuuuuuut, „Doktor, nun geh schon ran …" Tuuuuuut … „Wo ist der Kerl?" und legte den Hörer wieder auf die Gabel, da sie das Gefühl hatte, sich weiter das Freizeichen anzuhören wäre sinnlos.

Frau Pichel hatte mit Handy und Schnurlostelefon nichts am Hut. Sie nutzte noch wie eh und je ihr altes Telefon, das seit ihrem Einzug vor sechzehn Jahren im Flur dieser Wohnung stand.

Sie war ratlos, ging zum Tisch in der Küche und setzte sich auf den Stuhl davor. Überlegte, was sie noch alles machen musste. Konnte sie Stella allein lassen? Sie hätte lieber jemanden in der Nähe, der auf sie Acht gab. Carla versank weiter in Gedanken: *Stella hat schon recht, mit dem was sie sagt, dadurch dass wir uns Sorgen machen behandeln wir sie, eher ich sie, wie ein Kleinkind. Aber wie kann man so tun als wäre nichts geschehen? Sie liebte ihre Eltern doch über alles …* In ihre Gedanken hinein erklang das Telefon: „Na Doktor, hast du gespürt, dass ich dran war", sprach sie auf dem Weg zum Telefon und lächelte.

Als sie den Hörer in Position gebracht hatte, meldete sie sich mit: „Pichel, Hallo."

„Guten Tag Frau Pichel, hier ist Margit Scheffler. Doris hat mir kurz umrissen, was passiert ist. Das arme Mädchen."

„Das ist nett, dass sie anrufen!", sagte Carla und gab auch gleich ihr Anliegen weiter: „Gibt es eine Möglichkeit, dass Stella, die Tochter der Verunglückten, bei ihnen ihr Abitur machen kann?"

„Ist sie denn überhaupt in der Verfassung dazu?", fragte Frau Scheffler etwas erstaunt.

Carla hatte Bedenken, dass Stella etwas mitbekam, daher

wollte sie nicht am Telefon über sie reden. „Kann ich nachher bei ihnen an der Schule vorbei kommen? Dann würde ich ihnen alles erläutern."

„Gegen siebzehn Uhr beende ich die letzte Unterrichtsstunde, danach hätte ich Zeit und würde im Lehrerzimmer auf sie warten", kam es von Frau Scheffler.

„Das schaffe ich, dann komme ich nachher bei ihnen vorbei. Bis nachher", kam es noch von Carla bevor sie das Gespräch beendete.

Sie überlegte kurz, war sich aber dann sicher, dass sie das Richtige tat. Erneut öffnete sie die Wohnzimmertür einen Spalt und fragte hinein: „Stella kommst du jetzt mit?" Als sie keine Antwort bekam, sprach sie einfach weiter: „Ich werde eine Weile brauchen, bediene dich, der Kühlschrank ist voll und im Schrank neben der Spüle stehen Getränke. Wie machen wir es?"

„Na gehen sie schon, ich komme klar", gab Stella zur Antwort, ohne von ihren Büchern aufzublicken.

Frau Pichel zog die Tür wieder zu, schnappte sich ihre Tasche vom Küchentisch, da sie diese gar nicht erst weggeräumt hatte. Nahm die Mappe mit den Papieren und ihre Jacke von der Garderobe, die sie beim Hereingehen dort abgelegt hatte. Sie wollte gerade absperren, da sie das immer so machte und dachte einen Moment darüber nach, auch jetzt zu verschließen. Sie sah den Schlüssel an und schüttelte den Kopf. „Das geht zu weit, ich will sie ja nicht wegsperren", sprach sie zu sich selbst und drehte sich zum Gehen.

Am Auto blieb sie kurz stehen und man sah, dass sie zu dem Balkon ihrer Wohnung schaute. Sie drehte sich wieder um und ging zurück ins Haus.

Stella war gerade in die Küche getreten und erschrak, als sie den Schlüssel im Schloss drehen hörte. Im nächsten Moment stand Frau Pichel vor ihr. Stella kam sich ertappt vor und war abrupt starr stehengeblieben. „Ich habe nur etwas ganz Wichtiges vergessen. Ich brauche von dir eine Vollmacht", sprach Frau Pichel, da sie sah, dass sich Stella nicht wohl in der Situation fühlte. „Ich bereite es vor, dann kannst du es mir unterschreiben!", führte sie noch an.
Stella bekam langsam wieder Farbe und sagte: "Mach ich."
„Gläser sind rechts oben in dem Küchenschrank", sagte Carla ganz nebenbei, um Stella ein gutes Gefühl zu geben. Sie setzte sich an den Küchentisch, hob die Tischdecke etwas an und zog die kleine Schublade, die sich unterhalb der Tischplatte befand heraus. Dort lagen Block und Stift, die sie griff.

Sie schrieb:

Vollmacht zur Vertretung

Vollmachtgeber
Stella Weis
Pezzalotzistraße 34
93710 Hamberungen

Vollmachtnehmer
Carla Pichel
Theoboldgasse 17
93710 Hamberungen

Der Vollmachtgeber bevollmächtigt den Vollmachtnehmer zur Vertretung bei folgenden Angelegenheiten:
- Beerdigung
- Schule
- Bank, für die Kostenabdeckung der Beerdigung

Gültig ist diese Vollmacht nur bis zum Tag der Beisetzung von Vera und Frank Weis.

Ort, Datum

Hamberungen, 02.03.2014

_____

Stella Weis

Sie nahm den vorgefertigten Zettel und legte ihn Stella auf ihre Bücher. Diese war mit einem Glas und einer Flasche Wasser ins Wohnzimmer zurückgegangen, während Carla das Schreiben aufsetzte.

„Würdest du mir das bitte unterschreiben, damit ich alles Nötige regeln kann?", fragte Frau Pichel und reichte Stella den Stift.

Stella nahm den Stift, hob das Blatt hoch und hielt es jetzt in der Hand, um durchzulesen, was dort stand. Ihr Blick ging fragend zu Frau Pichel: „Schule? Was wollen sie da machen?"

„Ich möchte dich in einer anderen unterbringen, bis sich alles beruhigt hat", erwiderte sie.

Das reichte Stella als Antwort, die anderen Punkte waren für sie wohl nicht relevant. Sie legte das Blatt auf ihr Buch und setzte über ihrem Namen die Unterschrift.

„Deinen Personalausweis bräuchte ich noch, für den Unterschriftenabgleich", sagte Carla als Stella ihr den Zettel gab. Sie beobachtete Stella, die scheinbar bei dem Gedanken ihren Personalausweis heraus zu geben kurz innehielt. Sie schaute Carla an, dann drehte sie sich zu ihrem Koffer und hob ihn auf die Couch. Sie öffnete ihn und nahm daraus ein Etui mit Papieren. Carla sah, dass sie auch einen Führerschein besaß, der wohl noch nicht lange in ihrem Besitz ist, da sie gerade erst 18 geworden war.

„Hier", sagte Stella und reichte Frau Pichel die Plastikkarte.

Carla nahm die Karte und sah noch einmal auf die Vollmacht und verglich mit dem Personalausweis die Daten, ob auch alles seine Richtigkeit hatte. Zur Bestätigung nickte sie kurz und setzte sich zur Tür in Bewegung. „Ich bin dann jetzt weg", rief sie noch beim Gehen.

Als Erstes machte sich Carla auf den Weg zum Präsidium, um in Erfahrung zu bringen, wohin die Eheleute gebracht worden waren. Dann ging sie in die Innenstadt von Hamberungen, da dort ein stadtbekanntes Beerdigungsinstitut ansässig zu sein schien. Das wollte sie aufsuchen, um die Beerdigung in die Wege zu leiten.

Eine Glastür mit einer quer über die Tür laufenden, in grau gehaltene Ähre und der gleichfarbigen Aufschrift, zeigte ihr, dass sie richtig war. Carla drückte die Tür auf und ein Glockenton ertönte.

Sie stand beim Betreten inmitten von unzähligen Särgen und es wurde ihr kalt. Eine Gänsehaut kroch spürbar langsam den ganzen Rücken herunter.

Mit einem, „Guten Tag", kam ein Mann auf sie zugeschossen und reichte ihr zur Begrüßung die Hand. Sie musste schmunzeln, auch wenn das nicht der Ort dafür war.

„Guten Tag, ob er gut wird, das zeigt sich noch", antwortete ihm Carla. Der Mann sah sie erstaunt an, denn das hatte er selten, ein Witz in dieser Umgebung. Er wusste nicht, wie er diesen einschätzen sollte. Er dachte: *Sie will bestimmt um den Preis feilschen.*

Nach dem er kurz stutzte, sagte er dann aber freundlich: „Sie möchten bestimmt einem lieben Menschen die letzte Ruhestätte einrichten?"

„Nein,...", sprach Carla und er zuckte erneut erstaunt auf. Carla kam gar nicht dazu ihren Satz fortzuführen, da kamen von ihm die Worte: „Jaaaa, was kann ich dann für sie tun?"

Er wirkte unsicher, dabei brauchte er Carla nur die Zeit zu geben, um sich zu erklären. Carla begann erneut: "Sie haben bestimmt in der Zeitung gelesen ..."

Wieder unterbrach er sie mitten im Satz: „Da stehen jeden Tag

so viele Menschen drin, die sich von dieser Welt verabschieden."
„Verdammt lassen sie mich doch erst einmal ausreden!" kam es jetzt erzürnt von Carla.
„Entschuldigen sie, aber ich bin noch nicht lange in der Branche und es ist nicht einfach, jeden Tag mit diesen Trauerangelegenheiten klarzukommen."
Carla dachte: Der hat wohl den falschen Beruf, und er tat ihr leid, aber hier war sie falsch, das wusste sie genau. „Ich komme vielleicht später noch einmal vorbei, ich wollte mich nur informieren."
Der Verkäufer lief hinter ihr her, als sie zum Gehen auf die Tür zusteuerte. „Kommen sie, ich erkläre ihnen alles, nehmen sie sich noch einen Moment Zeit", sagte er, als Carla die Tür schon geöffnet hatte und heraus trat.
„Ein andermal vielleicht", gab sie ihm zu verstehen. Schnell entfernte sie sich von diesem Geschäft und atmete auf, als sie spürte, dass er ihr nicht mehr hinterher schaute.
Sie blickte sich um und dachte: *Irgendwo hier muss doch noch ein kleineres Geschäft sein. Glaube da drüben in der Gasse war es.*
Sie schlug die Richtung in die Gasse ein und sah auch schon beim Blick in diese kleine Straße das Schild:

Schreinerei & Bestattungen Andreas Platt

Bei dem Namen musste sie schmunzeln und rief sich selbst zur Ordnung: *Oh weh, das kann ja heiter werden. Jetzt reiß dich mal zusammen Carla!* und betrat das Geschäft.
Diesmal sah sie keinen Sarg, nur einen in Schwarz-Silber gehaltenen Raum. Ein Mann saß an einem Schreibtisch auf der rechten Seite des Raumes und erhob sich. Links standen große

Vasen mit Kornblumen und getrockneten Sträuchern. Die Kühle, die sie in dem anderen Geschäft empfunden hatte, blieb hier gänzlich aus.

„Mein Name ist Wessing, was kann ich für sie tun?"

Carla hatte ein gutes Gefühl und wusste sofort bei einem Blick auf den Herrn, dass sie in guten Händen war. „Ich bin Frau Pichel und möchte mich über eine Beisetzung erkundigen."

Es dauerte mehr als eine Stunde, bis sie alles besprochen hatten. Carla legte alles in die Hände dieses Herrn und war dankbar, dass er ihr versicherte, dass es keine Zwischenfälle geben würde und er sich um jedes Detail dieser Feierlichkeit kümmern werde.

Sie schaute auf die Uhr als sie das Geschäft verlies und erschrak, da es kurz vor siebzehn Uhr war. Sie musste sich sputen, damit sie Frau Scheffler noch in der Schule erreichte.

Stella hatte sich in der Zwischenzeit am Kühlschrank bedient und sich einen Joghurt genommen, da ihr Magen knurrte. Sie zog ein paar Schubladen auf und suchte einen kleinen Löffel. Bei der Dritten hatte sie Erfolg, schloss die Lade wieder und ging zurück in das Wohnzimmer. Gerade als sie den Deckel des Joghurts geöffnet hatte, hörte sie wie das Telefon rappelte.

Sie dachte: *Muss ich da ran gehen? Geht mich ja nichts an, ich lasse es einfach bimmeln ...*

Sie blickte die ganze Zeit in Richtung Telefon und entspannte sich, als das Klingeln endete. *Wenn es wichtig war, wird sich der Anrufer wieder melden,* und widmete ihre Aufmerksamkeit wieder dem Joghurt, den zu essen sie noch nicht begonnen hatte.

Stella stand erneut auf und brachte den leeren Becher zurück in die Küche. So richtig satt war sie nicht und dachte auch an Frau Pichel, die bestimmt genau wie sie, nichts gegessen

hatte. Sie warf einen Blick in den Kühlschrank und sah, dass da einige Dinge drin lagen, um ein schönes Essen zu zaubern. Schloss den Kühlschrank und schaute sich in der Küche um, ob es auch noch irgendwo Beilagen gab. In dem kleinen Abstellschrank fand sie Kartoffeln. Sie nahm eine Handvoll heraus und begann alles vorzubereiten. Schnippelte einen Salat und stellte das Dressing daneben, das sie gemischt hatte. So konnte sie den Salat frisch zubereiten, wenn Frau Pichel kam.
Sie fand ein paar Schnitzel, panierte sie und stellte sie auf einen Teller neben den Herd. Die Kartoffeln waren schon im Topf und warteten nur darauf, dass die Flamme des Gasherdes unter ihnen zu brennen begann. Dann schnitt sie noch ein paar Paprikastreifen und eine Zwiebel, woraus sie eine Soße vorbereitete.
Sie war gerade fertig mit der Vorbereitung, als der Telefonapparat erneut klingelte. Dieser schrille Ton hörte sich an, als hätte man einen alten Wecker in eine Schüssel gestellt.
Sie hob den Hörer ab mit den Worten: „Hier bei Pichel".
„Stella bist du das?", kam es aus dem Apparat und sie erkannte die Stimme sofort.
„Ach Doc, das tut mir leid, wir haben nur zwei Schnitzel, ich kann dich nicht zum Essen einladen."
Er überhörte diese Anspielung, da er keine Lust hatte auf ihre Spielchen und fragte: „Ist Frau Pichel auch da?"
„Was meinst du denn, warum ich mit dir rede? Wenn sie da wäre, wäre sie wohl selbst an ihr Telefon gegangen."
„Wann kommt sie denn zurück?", fragte er weiter, ohne auf ihre zickige Art zu reagieren.
„Ich hoffe bald, ich habe Hunger."
„So hat das keinen Sinn, ich werde mich später melden, oder

würdest du ihr ausrichten, sie möchte mich anrufen?", fragte Lars genervt.
„Mach ich", und Stella legte den Hörer auf ohne ein Wort des Abschieds.
Sie stand neben der Kommode, auf der sich das Telefon befand und überlegte: Was wollte er jetzt überhaupt? Hat er doch nicht gesagt, oder? Ist ja auch egal ... und setzte sich wieder in Bewegung. Stella schaute noch einmal in der Küche nach, ob sie auch nichts vergessen hatte, um das Essen sofort fertigmachen zu können, wenn Frau Pichel eintraf. In der Zwischenzeit ging sie zurück zu ihren Büchern.

Es dauerte noch über eine Stunde, bis sie den Schlüssel hörte, den Frau Pichel aus der Tasche gezogen hatte und aufsperrte.
Sie trat ein und rief: "Stella ich bin wieder da." Carla hatte jetzt keine freundliche Begrüßung erwartet und war umso erstaunter, als Stella sofort in die Küche trat. „Das ist gut, dann kann ich das Essen fertigmachen. Sie haben doch Hunger?", gab Stella ihre Frage weiter.
Frau Pichel glaubte nicht, was sie gerade sah, sie stand wie vom Blitz getroffen da. Was kommt denn jetzt? ... dachte sie und antwortete: „Ja gern, war Dr. Linde da?"
„Nein, der hat nur angerufen und sie möchten ihn zurückrufen. Der wollte nicht mit mir plaudern. Ich hatte auch nur zwei Schnitzel, wäre eh nicht so gut angekommen, wenn ich ihn eingeladen hätte."
Frau Pichel sah Stella einen Moment zu, wie schnell und gekonnt sie das Essen bereitete und konnte sich keinen Reim darauf machen, wie sie das Mädel einschätzen sollte. Sie war ihr total fremd und es ängstigte sie auch, wenn sie sah, in welcher Stimmung sie mit der Situation umging.

Gespielte Heiterkeit, mit einem Schuss Selbstironie oder wie hieß der Cocktail, den sie gerade genoss. Carla hängte ihre Jacke an den Haken der Garderobe, legte die Papiere und ihre Tasche auf die Kommode und dachte einen Moment: *Hat das der Doktor bei ihr ausgelöst? Was ist das zwischen den beiden? Ich muss mit ihm sprechen, oder besser doch nicht, um das Mädel nicht noch mehr zu irritieren?*

Sie war überfordert mit der Situation, deshalb machte sie das, von dem sie einen genauen Plan hatte.

Sie nahm den Hörer in die Hand und wählte die Nummer des Büros. „Architektenbüro Weis&Weis, Braun am Apparat, was kann ich für sie tun?", hörte Carla Doris sagen.

„Doris hier ist Carla, ich wollte dir nur eben mitteilen, dass ich es heute nicht mehr schaffe zu dir ins Büro zu kommen. Ich bin gerade nach Hause gekommen und würde gern alles Weitere morgen erledigen", gab Carla kurz und knapp an Doris weiter.

„Ist bei dir alles ok? Du hörst dich fertig an", kam es von Doris, die sich um ihre Freundin Gedanken machte.

„Wird schon gehen, wir reden morgen, ja?", fragte sie, da sie das Gespräch nur kurz halten wollte.

„Ist ok, dann bis morgen", antwortete ihr Doris noch und legte auf.

Carla sah, dass Stella auch den Tisch gedeckt hatte. Nahm die Mappe mit den Papieren und ging aus dem angrenzenden Flur, dessen Tür immer offen stand, zum Tisch in der Küche.

Sie nahm an dem Tisch Platz und wartete, bis Stella alles aufgetragen hatte und sich zu ihr setzte.

„Greifen sie zu, ich hoffe, es schmeckt ihnen", sagte Stella und einen Moment hielt sie inne, da sie ihre Eltern vor sich sah, wenn sie abends mit ihnen am Tisch saß. Wieder kam ein Gefühl der Wut auf, das sie ganz tief in sich spürte.

Frau Pichel nahm sich von den Speisen auf ihren Teller und fing an zu essen, ohne bisher Stella zu antworten. Sie war begeistert; Vera hatte zwar immer davon erzählt, dass sie abends von Stella verwöhnt wurden. Aber dass sie so gut kochen konnte, das überraschte sie jetzt doch.
Ein wenig später hatten beide die Teller leer geputzt und Carla stellte die Teller zusammen. Sie nahm die Mappe und öffnete sie. Reichte Stella den Personalausweis über den Tisch, mit den Worten: „Den brauche ich nicht mehr, ich konnte alles erledigen."
Stella nahm ihn mit einem „Danke" wieder an sich.
„Ich habe mit Frau Scheffler abgesprochen, dass du in ihrem Gymnasium deine Prüfungen ablegen kannst. Sie meinte, dass du die einzelnen Termine schon kennst und sie übergreifend auf allen Schulen gleich sind." Carla wartete einen Moment, ob Stella etwas sagen wollte, aber sie saß still da. So fuhr sie in der Ausführung fort: „Du bist vom Unterricht befreit, dann spricht dich auch niemand auf die Ereignisse an und du kannst in Ruhe Abschied von deinen Eltern nehmen."
„Wieso sollte ich das tun? Das will ich nicht, das habe ich ihnen schon einmal gesagt! Sie sind gegangen und ich werde ihnen nicht hinterherweinen. Ich habe Besseres zu tun, als zu hoffen, dass sie mir von einem Stern aus zuschauen", kamen die Worte mit einer massiven Wut aus ihr heraus.
Wieder war es Carla, die erschrocken blickte und sagte: "Stella, ich weiß, dass du das, was passiert ist nicht verstehen willst. Aber du bist die Tochter und alle erwarten, dass du dich von ihnen verabschiedest. Viele, die auch dich kennen, werden sich versammeln um ihnen das letzte Geleit zu geben. Ich möchte, dass du mitgehst."
Stella schaute zu Frau Pichel, stand auf und verließ die Küche.

Die Wohnzimmertür fiel hinter ihr ins Schloss und Frau Pichel saß auf ihrem Stuhl und sagte: "Schön, und jetzt stehe ich wieder da und bin genauso schlau wie vorher."
Sie suchte die Karte, die ihr Dr. Linde gegeben hatte und die sie nach dem Gespräch irgendwo abgelegt hatte. In dem Moment klingelte erneut das Telefon. Auch Stella blickte kurz hoch, als sie es klingeln hörte. Lies sich aber nicht weiter davon beeinflussen und steckte den Kopf wieder in die Bücher.
Carla ging ran und meldete sich: „Pichel"
„Frau Pichel, gut, dass ich sie erreiche. Ich denke mal, dass ihnen Stella nicht ausgerichtet hat, dass ich schon einmal versucht hatte, sie zu erreichen. Ich habe mir die Nummer von ihnen aus dem Büro geben lassen", kam es von Lars.
„Doch hat sie, Dr. Linde und was mich auch überraschte, sie hat für uns gekocht. Aber auf sie scheint sie nicht wirklich gut zu sprechen zu sein", sagte sie mehr beiläufig klingend. Dabei war es ihr ein Anliegen, zu erfahren, wie sich Dr. Linde das weiter vorstellte.
„Zumindest geht sie dem normalen Tagesablauf nach, das ist doch gut", kam es von Lars.
„Naja, wenn sie das normal nennen, dann möchte ich nicht wissen, was in ihren Augen nicht normal ist. Sie wirkt teilweise apathisch, wechselt die Stimmungen zwischen wütend und zickig und zwischendurch wirkt sie abwesend. Ich mache mir Sorgen um Stella, können sie das verstehen?"
„Ich mache mir auch Sorgen Frau Pichel, aber um ihr wirklich helfen zu können, müsste sie sich in die Hände einer meiner Kollegen begeben. Ich bin Allgemeinmediziner, kein Psychologe", kam es leise und bedrückt von Lars. Er fuhr weiter fort: „Ich glaube nicht, dass sie sich in dieser Situation

helfen lassen wird und ich möchte ihr auch keine Tabletten zur Beruhigung verschreiben, da ich die Auswirkungen nicht abschätzen kann. Ich denke, das wird die Natur von ganz allein regeln. Wir werden sie dabei unterstützen und für sie da sein, oder Frau Pichel?"
Sie nickte, was er natürlich nicht sehen konnte und sagte in die Muschel des Hörers: „Gehen sie übermorgen mit zur Beerdigung? Stella weigert sich, daran teilzunehmen."
„Wenn sie das möchten, werde ich sie begleiten", gab Lars zur Antwort und fragte im selben Atemzug: „Kann ich sie sonst noch irgendwie unterstützen?"
„Nein, ich denke wir kommen bis dahin klar. Stella lernt für ihr Abitur und ich werde morgen noch ein paar Wege erledigen. Ich hatte heute Bedenken sie allein zu lassen. Aber vielleicht ist es sogar gut, wenn sie auch eine Zeit ganz für sich hat, was meinen sie Doktor?", kam es von Carla.
„Ich könnte die Zeit bei Stella bleiben, wenn sie außer Haus sind, wenn ihnen wohler dabei ist."
„Doktor seien sie mir nicht böse, aber ich denke, das ist keine gute Idee. Da habe ich um sie noch mehr Angst, dass sie ihnen währenddessen die Augen auskratzt", gab sie ihm sogar ein wenig lächelnd zu verstehen.
„Da könnten sie recht haben ...", und einen Moment war es still, nachdem Lars die Worte ausgesprochen hatte.
„Dann sehen wir uns übermorgen Dr. Linde?"
„Wann soll ich da sein?"
„Ich würde vorschlagen um 13.30 Uhr am Eingang des Friedhofs."
„Ich werde pünktlich sein Frau Pichel."
Als das Gespräch beendet war, hatte sie das Gefühl, dass sie das auch kein Stück weiter gebracht hatte. Sie nahm sich vor,

einfach abzuwarten, wie sich die Dinge entwickelten.

Am nächsten Morgen war Frau Pichel, nachdem sie mit Stella gefrühstückt hatte, wieder aufgebrochen, um ihre restlichen, noch offenen Wege zu erledigen. Sie kaufte ein paar Dinge ein, da der Kühlschrank etwas Füllung vertragen konnte. Ging auch noch an dem kleinen Lädchen vorbei, das schräg vor ihrem Bürohaus seine Auslage zeigte. Carla holte für Stella eine schwarze Bluse und eine schwarze Jeans in der Hoffnung, dass sie ihre Größe getroffen hatte. Sie vermutete, dass Stella nichts Passendes für die Beerdigung im Koffer haben würde. In Stellas Elternhaus wollte sie nicht fahren, da es sein konnte, dass man dort immer noch auf sie wartete und sie nicht gewiss war, ob Stellas Kleiderschrank etwas Dunkles beinhaltete.

Die Fahrstuhltür ging auf und Frau Braun schaute von ihrem Schreibtisch hoch.
„Hast du einen Kaffee für mich Doris?", fragte Carla direkt beim ersten Schritt aus dem Lift.
„Auch zwei, setz dich!" Bei den Worten erhob sich Doris und schmiss hinter sich die Kaffeemaschine an. „Komm erzähl: Was ist mit der Kleinen?" Sie konnte es nicht erwarten, alle Einzelheiten zu erfahren.
Carla winkte nur mit der Hand ab: „Du kannst dir das nicht vorstellen. Sie ist voller Wut auf ihre Eltern, weil sie sich allein gelassen fühlt."
Doris machte große Augen: „Voller Wut? Wieso das denn?"
„Ich würde ihr ja gern helfen, aber so wirklich komme ich nicht an sie ran. Da sie ja auch keine Verwandtschaft hat, ist sie durch den Unfall völlig auf sich gestellt. Ich kann mir gut

vorstellen, dass ihr die Zukunft Angst macht."

Im Büro war bekannt, dass ihre Chefs beide Waisen waren, das war in diesem Raum kein Geheimnis. Deshalb bot sich Carla sofort an und war an die Seite von Stella gesprungen. Carla war bewusst, dass das Mädchen allein nach dem Unglück klar kommen musste.
Sie hatte es sich während der Unterhaltung auf dem Bürostuhl vor Doris Schreibtisch bequem gemacht und nahm die Tasse Kaffee ab, die Doris ihr reichte. Schlürfte einen heißen Schluck, wonach sie sagte: „Danke, das tut gut."
Doris sah ihr dabei zu, sie nahm auch einen Schluck ihres Kaffees und fuhr mit dem Gespräch fort: „Was will sie jetzt machen? Was ist mit unserem Büro, hast du eine Ahnung wie es weitergeht?"
„Darüber wollte ich mit Herrn Kinser sprechen, der muss die Angelegenheit für sie prüfen und ihr sagen was geschehen soll. Sie hat doch überhaupt keine Ahnung von dem was ihre Eltern hier gemacht haben. Ich weiß nicht, aber ich denke, dass auch wir beide uns was Neues suchen müssen." Mit den Worten hatte Carla Doris hellwach vor sich sitzen.
„Ich dachte, dass das vielleicht ein Architekt übernimmt. Wir sind doch ein super Team, da wird sich doch jemand für interessieren. Meinst du nicht?", sprach Doris etwas schneller als normal in ihrer Aufregung.
Carla schüttelte mit dem Kopf: „Ich weiß es nicht und ehrlich gesagt bin ich erst einmal froh, wenn die Beerdigung hinter mir liegt. Ich habe da ein Institut beauftragt das alles organisiert, und hoffe, dass ich das richtig gemacht habe."
Wieder war es Doris, die erstaunt aufhorchte: „Wie du? Ist denn Stella nicht diejenige, die das regeln müsste?"

„Das ist es doch, sie lehnt alles ab, was mit ihren Eltern zu tun hat. Sie will auch nicht auf die Beerdigung."
Doris konnte es nicht fassen: „Nicht auf die Beerdigung ihrer Eltern", wiederholte sie, nahm noch einen Schluck Kaffee und blickte zu Carla: „Wann ist die denn, die Beerdigung?"
„Morgen Mittag um 14:30 Uhr auf dem Hauptfriedhof", kam es von Carla.
Sie hatte noch nicht ganz geendet, da ging die Fahrstuhltür erneut auf und Herr Kinser stand im Büro.
Doris hatte alles, was in den Tagen an Post kam, an ihn weiter geleitet.
Es war im Büro niemand, der die laufenden geschäftlichen Dinge der Eheleute hätte übernehmen können. Außer den zwei Sekretärinnen waren noch Zeichner und Ingenieure in den Zimmern, aber niemand, der die geschäftliche Seite kannte und einspringen konnte.

„Guten Tag, Frau Braun, Frau Pichel", sagte er, während er den Mantel ablegte. „Haben sie mir alle Unterlagen auf den Tisch gelegt? Ich habe mir die nächsten Tage in meinem Büro freigeschaufelt um sie durchzusehen, setzte er hinzu, um sein Erscheinen zu erklären.
Carla kramte in ihrer Tasche, als sie den »Guten Morgen Gruß« erwidert hatte, und zog ein Kuvert mit der Aufschrift TESTAMENT heraus. Sie reichte es Herrn Kinser und sagte: „Das habe ich gestern beim Suchen der Papiere für die Beerdigung, in den Unterlagen der Familie Weis gefunden."
„Danke", sagte er und nahm das Kuvert an sich. „Das schaue ich mir gleich an. Könnte ich auch eine Tasse Kaffee und ein Wasser bekommen, Frau Braun? Das wäre nett", sagte er noch und schon war die Tür hinter ihm zu.

Doris setzte seinen Wunsch direkt um und brachte ihm nach kurzer Zeit die Getränke in das Büro, an dessen Tür das Schild »Frank Weis« stand.

Als sie wieder aus dem Büro kam, fuhr sie in der Unterhaltung mit Carla fort: „Ich hoffe, dass er eine Lösung für das Büro findet. Stella ist ja wohl noch zu jung, um sich darum zu kümmern."

„Die hat überhaupt keine Ahnung vom Geschäft ihrer Eltern und wäre auch momentan nicht in der Lage, allein Entscheidungen zu treffen. Sie könnte das Ausmaß nicht abschätzen. Aber wenn es nach der Presse geht", dabei hob Carla die Tageszeitung an und pfefferte sie auf den ursprünglichen Platz zurück, „dann müsste sie für ihre Eltern nicht nur geradestehen, sondern sich für einen Unfall entschuldigen, bei denen auch andere Menschen ums Leben kamen. Aber bevor ich mir auch da noch den Kopf drüber zerbreche, gehe ich lieber schauen was Stella macht. Ich möchte sie nicht zu lang allein lassen."

„Das verstehe ich, dann sehen wir uns morgen Mittag auf dem Friedhof", sagte Doris noch und bekam ein: „Ja, bis morgen", von Carla zurück, die ihre Jacke schnappte und den Fahrstuhl betrat.

Sie wunderte sich noch, dass das Bürohaus nicht von der Presse belagert war. *Naja, überall können sie ja nicht sein,* dachte sie und lächelte darüber, ihnen ein Schnippchen geschlagen zu haben.

Es war nach Mittag, als Carla ihre Wohnung betrat. Sie warf einen Blick ins Wohnzimmer und sah, wie Stella wieder über ihren Büchern saß, zog die Tür wieder zu, ohne sie zu stören und fing an in der Küche das Essen zu bereiten.

Sie aßen gemeinsam und genauso still wie das Frühstück, nahmen sie auch das Mittagessen ein.

„Danke, das hat sehr gut geschmeckt", kam es von Stella, bevor sie wieder im Wohnzimmer verschwunden war.

Die Stimmung war gedrückt und Carla wusste noch nicht, wie sie Stella zu der Beerdigung bewegen konnte.

Der Abend verlief ruhig und ohne noch einmal das Thema Beerdigung anzusprechen, gingen beide am späten Abend zu Bett.

Am nächsten Morgen stand Carla sehr früh auf und sah, dass im Wohnzimmer noch alles abgedunkelt war. Sie dachte sich: *Es reicht ja, wenn sie gegen elf wach wird. Vielleicht tut es ihr gut und es ist besser als würde sie gar nicht schlafen können.* Ehrlich gestanden hatte sie Angst vor Stellas Reaktion, wenn sie nachher auf die Beerdigung gingen. Womit sie auch nicht falsch liegen sollte, da Stella kurz nach halb elf aus dem Wohnzimmer kam und trotz des verschlafenen Gesichts gleich Stimmung machte. „Wieso haben sie mich nicht geweckt? Jetzt ist der halbe Tag weg und ich muss am Montag zur 1. Prüfung", warf sie Carla entgegen.

„Du musst heute erst einmal mit zur Beerdigung!", sagte Carla und ihre Stimme ließ dabei wenig Widerspruch zu.

Stella stand ihr fast schnaubend gegenüber und schrie: „Da können sie alleine hingehen. Ich hab auf so einen Scheiß keinen Bock."

Das saß und Carla musste erst einmal durchatmen. Dann kam von ihr: „Mein liebes Fräulein, ich sage dir jetzt etwas und du wirst mir gut zuhören." Sie sah, dass Stella ganz still stand, da sie wohl merkte, wie ernst es ihr war.

„Ich habe dir gestern eine Bluse und eine Hose gekauft, die wirst du anziehen. Dann wirst du mit mir auf den Friedhof

gehen und der Beisetzung deiner Eltern beiwohnen. Ansonsten werde ich bei Herrn Dr. Linde anrufen und das Jugendamt informieren. Auch wenn du 18 bist, wirst du in dieser Situation einen Menschen an deine Seite gestellt bekommen, der dann entscheidet, wie es für dich weitergeht. Da du im Moment nicht du selbst zu sein scheinst, wird man auch überlegen, ob du in eine Klinik kommst und dich ein Psychologe betreuen wird." Carla machte eine kleine Pause bevor sie weitersprach: „Du hast genau eine Stunde Zeit, um dir zu überlegen, wie du weiter verfahren möchtest."
„Das ist Erpressung", sprudelte es aus Stella heraus.
„Nein, mein Kind, das sind die beiden Optionen, die du offen hast. Du kannst frei entscheiden, welche du nehmen möchtest." Carla drehte sich um und verließ die Küche, um durch den Flur in ihr Schlafzimmer zu gelangen. Sie wollte Stella den Raum lassen, um in Ruhe darüber nachzudenken, wie sie sich entscheiden würde.
Carla machte sich fertig und stand noch im Bad, als Stella klopfte. „Ich müsste da auch noch mal rein", sagte Stella durch die geschlossene Tür. Carla machte die Tür auf, da sie fertig war, und sah Stella in der schwarzen Bluse und Jeans. „Du hast noch 30 Minuten bis wir los müssen", sagte Carla, um die frostige Stimmung ein wenig zu entspannen. Stella ging an ihr vorbei und schloss sich im Bad ein.
Kurz nach 13 Uhr verließen beide zusammen das Haus und fuhren in dem Firmenwagen Richtung Friedhof.

Vor dem Hauptfriedhof war die Hölle los, damit hatte Carla gar nicht gerechnet. Viele Leute bewegten sich auf den Haupteingang zu. Die Parkplätze waren fast alle belegt. Was Carla aber auch noch sah, das machte ihr die größten Sorgen.

Die Journalisten hatten sich in einem riesen Pulk am Eingang postiert.
Sie parkte den Wagen und Stella saß ganz ruhig neben ihr, als Carla ihr erklärte, warum sie nicht ausstieg, obwohl Stella nicht gefragt hatte. „Stella, wir warten noch einen Moment. Ich habe Dr. Linde gebeten, sich hier mit mir zu treffen."
Stella schaute sie mit großen Augen an: „Wie, jetzt doch? Ich wusste doch, dass ich mich nicht auf sie verlassen kann." Riss die Tür auf und lief die Straße hinunter, die vom Friedhof wegführte.
Carla erschrak und stieg aus dem Auto, um über das Autodach hinweg hinter ihr herzurufen: „Steeella." Sie bedachte nicht, dass sie genau damit mehr Menschen als nur das Mädchen erreichte.
Die Journalisten hatten jetzt auch das Auto gesehen, aus dem die junge Frau herausgesprungen war und einer schrie: „Da ist sie ..."
Als Stella die lauten Stimmen hinter sich hörte, drehte sie sich um und erschrak. Sie sah einige der Journalisten, die sich an ihre Fersen geheftet hatten und im Laufen die Fotos schossen.
Sie schaute immer abwechselnd nach vorn und nach hinten und merkte, wie der Abstand zu den Journalisten immer kleiner wurde, als sie plötzlich ...
Während sie zurückblickte, hatte sie den Bordstein übersehen und durch den Absatz das Gleichgewicht verloren, wodurch sie auf die Straße fiel.
Reifen quietschten...
Die Stoßstange, von einem Sonnenstrahl aufgehellt, kam blitzschnell auf sie zu. Stella versuchte noch aufzustehen, als im nächsten Moment der Wagen direkt vor ihr zum Stehen kam.

Sie hob den Kopf an, bevor sie sich aufrappelte und die Hände rieb. Stella sah auf den Mann, der das Auto verließ und erschrak erneut. Aber irgendwie war sie auch froh, dass er es war und kein Fremder, der ihr jetzt auf der Straße eine Szene machen würde. Oder sollte sie sich täuschen?

Der Mann sah die Journalisten heraneilen, blickte dann zu Stella und sagte an sie gerichtet: „Komm steig ins Auto, wir müssen hier weg!"

Sie sprangen ins Auto und er fuhr in Windeseile in die entgegengesetzte Richtung.

„Mensch Doc, das war Rettung in letzter Sekunde. Danke." Sie hatte ihre kratzbürstige Art scheinbar im Schreck vergessen.

„Was machst du denn für Sachen? Solltest du nicht mit Frau Pichel auf dem Friedhof sein?"

„Jetzt fängst du auch noch damit an, die können auch gern ohne mich beerdigen. Ich brauche die ganzen Leute nicht." Stella hatte bei den Worten den Blick wieder wie ein kleines Mädchen auf die Fußmatte gesenkt.

Für Lars sah es so aus, als würde sie sich dafür schämen, was sie gerade tat. Er fuhr weiter vom Friedhof weg und hoffte, dass Frau Pichel das auch allein schaffen würde. Die Schlagzeile der morgigen Auflage sah er auch schon vor sich.

Architektentochter flieht von der Beerdigung ihrer Eltern und stürzt in die Arme ihres Liebhabers.

Oder so ähnlich dachte Lars und musste ein wenig schmunzeln.

Nachdem er eine Weile kreuz und quer durch die Stadt gefahren war, konnte er sicher sein, auch den letzten

Verfolger abgeschüttelt zu haben.
Er parkte an einer kleinen Parkanlage außerhalb der Stadt. „Lass uns ein bisschen laufen, das wird dir gut tun, dann kannst du dich ein wenig von dem Schreck erholen." Bei diesen Worten sah Lars in Stellas Richtung, die sich die Handballen rieb. „Lass mal sehen", dabei fasste er nach ihren Händen und warf einen kurzen Blick darauf. Lies die Hände wieder los, stieg aus dem Auto und ging zum Kofferraum, um nach seiner Arzttasche zu greifen. Er öffnete die Beifahrertür und kniete sich vor Stellas Sitz, nahm eine ihrer Hände in die Seine, nachdem er Desinfektionsmittel, eine Salbe und eine kleine Kompresse aus seiner Tasche parat gelegt hatte. Damit versorgte er ihre Schürfwunden, die sie sich bei dem Sturz zugezogen hatte. „Au", hörte Lars sie zwischendurch. „Das muss sein, du hast die volle Bremsleistung eingesetzt", versuchte er sie mit dem kleinen Scherz abzulenken.
Sie sah ihn an und konnte nicht erklären, warum sie sich auf einmal in seiner Gesellschaft so wohl fühlte. Kein Gefühl, dass er beabsichtigte, sie in eine Klinik zu bringen. „Warum warst du am Friedhof?", kam es von Stella, da sie es doch genauer wissen wollte.
„Frau Pichel hatte mich gebeten, euch zu helfen, auf das Gelände zu kommen. Sie hatte sich wohl gedacht, dass die Journalisten dir auflauern würden. Sie konnten ja nicht ahnen, dass du ihnen eine viel bessere Story liefern würdest", dabei sah Lars Stella das erste Mal in die Augen.
Stella drehte den Blick abrupt weg und sagte: „Man, ist das alles peinlich. Aber schuld sind meine Eltern!"
Lars erschrak, das wollte er nicht. Er ging nicht auf ihre Worte ein, sondern sagte: „Komm, wir gehen ein bisschen und nachher bringe ich dich zurück zu Frau Pichel."

Stella sah nach unten, als sie ausstieg, und es kam ganz leise von ihr: „Die will bestimmt nichts mehr mit mir zu tun haben." Lars verschloss die Türen, nachdem er seine Arzttasche zurückgestellt hatte, deshalb bekam er ihre letzten Worte nicht mit. Er hätte ihr auch widersprochen, da er Frau Pichel für ihr Engagement bewunderte.
Sie gingen nebeneinander durch den Park – schweigsam – bis zu einer Brücke, die über einen kleinen Bachlauf führte. Sie war wohl aus grauer Vorzeit, da sie aus großen Steinen erbaut und in diesem Grün der Aue ziemlich protzig wirkte.
Lars und Stella betraten sie und etwa in der Mitte setzte sich Stella auf den rechten Rand der Brücke und ließ die Beine baumeln. Lars tat es ihr gleich und setzte sich auf die linke Seite. Es verging eine ganze Weile und sie ließen sich vom Bach, der unter ihnen hindurchströmte, berauschen und hörten dem Gesang der Vögel des Parks zu.
Lars unterbrach die Stille: „Wie stellst du dir dein Leben weiter vor?"
Stella sah ihn an und es dauerte eine Weile, bis sie antwortete: „Weiß nicht, darüber habe ich noch nicht wirklich nachgedacht", gab sie ehrlich zu.
Er beobachtete sie und sah, dass hinter dem zickenden Teenager eine schüchterne junge Frau verborgen war. Lars fragte weiter, ohne das Gespräch auf ihre Eltern zu lenken. Belangloses aus dem Alltag waren ihre Themen und seine Frage: „Wann fangen denn deine Abiturprüfungen an?"
Auch hier musste er einen kleinen Moment warten, bis die Antwort kam: „Die erste schriftliche ist am 07. März und die Letzte am 20. März."
Sie hatten ein Thema gefunden, über das es sich wunderbar reden ließ. Aber auch Stella hatte Fragen an Lars, um ihn ein

bisschen besser kennenzulernen: „Sag mal Doc, wieso bist du eigentlich Arzt geworden?"
Dabei sah er sie erstaunt an, denn so viel Interesse an seiner Person, hätte er von Stella nicht erwartet und gab ihr die Antwort darauf: „Ich komme aus einem kleinen Dorf in Bayern und in meiner Heimat sind die Landärzte noch mehr verbreitet, als in den Küstenregionen oder in Mitteldeutschland. Deshalb war es schon als Kind mein Traum so zu werden wie unser Dorfarzt der alte Faller. Mit seinem grauen Bart hat er uns Kindern immer einen gehörigen Schrecken eingejagt, weil er sich einen Spaß mit uns erlaubte. Er hatte aber ein gutes Herz und wenn es jemandem schlecht ging, dann war er mit Leib und Seele bei ihm. Mit den Jahren habe ich gesehen, wie wertvoll es sein kann, wenn man nicht erst stundenlang zum nächsten Arzt braucht. Er hat vielen das Leben gerettet, weil er immer bei den Menschen lebte, die ihn brauchten. Die Nähe zu den Patienten, das hat mir meinen Weg gewiesen. Ich möchte später eine Praxis auf dem Land aufmachen, wenn ich genug Geld verdient habe, um sie mir leisten zu können."
Stella hatte ihn die ganze Zeit beobachtet, als er erzählte und sie war begeistert, mit welcher Faszination er sein Ziel beschrieb. Sie warf auch bei der Unterhaltung immer wieder einen verstohlenen Blick auf Lars, seine Gesten und die Stattlichkeit des jungen Mannes fand wohlwollende Beachtung. Dabei merkten sie gar nicht, wie lange sie in dieser frischen, aber dennoch kalten Luft am Bach saßen, bis Lars sagte: „Komm Stella, wir frieren sonst irgendwann hier an. Lass uns zu Frau Pichel fahren. Sie wird bestimmt schon zu Hause auf dich warten."
„Die wartet bestimmt nicht auf mich, ich habe heute alles

falsch gemacht, was man nur falsch machen kann. Aber ich wollte da nicht hin, ich will mich nicht von Menschen verabschieden! Schon gar nicht von meinen Eltern, sie haben mich allein gelassen", als Stella das sagte, sah Lars das erste Mal Tränen in ihren Augen schimmern.

Er sprang von der Brüstung, merkte dabei jetzt erst, dass sie viel zu lange auf dem kalten Stein gesessen hatten und gerade er als Arzt hätte das verhindern müssen. Er fasste Stella bei den Hüften und hob sie von der Brüstung. Dabei schaute Stella ihn mit ganz großen Augen an, aber wehrte sich nicht. „Doc jetzt kommst du mir aber verdammt nah!" kam es gespielt entrüstet von ihr, denn am liebsten wäre es ihr gewesen, wenn er sie nicht losgelassen hätte. „Ich möchte nur nicht, dass du morgen mit einer Blasenentzündung das Bett hüten musst. Das würde in deine Abiturpläne nicht hineinpassen", versuchte er sein Handeln zu erklären. Eigentlich wollte er sie tröstend in den Arm nehmen, das ließ er aber bleiben und behielt den Abstand des Anstandes bei. Wobei er dachte: *Schade, das war der falsche Zeitpunkt, an dem wir uns kennengelernt haben. In einer anderen Situation hätte vielleicht mehr aus uns werden können.*

Er konnte ja nicht ahnen, dass auch Stella gerade davon träumte: *Wie gern würde ich jetzt von seinen Armen gehalten werden. Er strahlt so eine Ruhe aus. Eigentlich genau der Mann, den sich eine Frau fürs Leben wünscht.* Sie sah ihn an und versuchte sich selbst zu überzeugen: *Der ist viel zu alt für mich!*

In ihre Gedanken hinein rappelte ein Telefon. Es war Lars, der nach seinem Handy griff und es ans Ohr hielt. „Hallo", kam es von ihm und Stella lauschte ungewollt seinem Gespräch.

„Sie ist bei mir …", hörte sie ihn sagen und immer wieder

kamen von seiner Seite die Antworten: „Ja", ….
„Das tut mir leid, aber …", ….
„Sie ist doch bei mir", …
„In etwa einer halben Stunde, dann erkläre ich ihnen alles.", ….
„Bis gleich."
Lars packte das Handy wieder weg und sah zu Stella: „Frau Pichel macht sich große Sorgen. Komm wir sollten sie nicht länger warten lassen."
Sie blieb stehen, da sie wieder in ihre Gedankenwelt eingetaucht war und gar nicht sah, dass Lars weiter ging. *Oh man, kann ich nicht zurück in unser Haus. Ich will mich doch nicht bei der Pichel einnisten. Außerdem bin ich doch erwachsen, warum sollte ich das tun?*
Nachdem sie sich in Bewegung gesetzt hatte, um ihm zu folgen, sagte sie laut zu Lars: „Wieso kann ich nicht in das Haus meiner Eltern? Ich möchte nicht zurück zur Pichel!"
„Stella mach es uns doch nicht so schwer. Das ist doch nur, weil wir uns um dich sorgen. Ja, auch Frau Pichel möchte nicht, dass du Mutterseelen allein in diesem Haus hockst und einen Koller bekommst. Was ist, wenn die Journalisten dir wieder auflauern? Gib allem einfach noch ein bisschen Zeit."
„Wenn du meinst, Doc", kam es jetzt wieder von der kleinen Stella. Sie schwankte immer zwischen Erwachsenem, Kleinkind und zickendem Teenager hin und her, so dass Lars ihr ab und zu gern den Hosenboden versohlt hätte. Ihr gern das eine oder andere Mal die Meinung sagen würde, ohne Rücksicht auf das Geschehene nehmen zu müssen und auch die Tatsache, dass er ihr Arzt war, nicht ausklammern müsste. Und zu guter Letzt hätte Lars gern Stella in den Arm genommen, da sie unendlich verletzbar wirkte und er merkte, dass sie ihm alles andere, als

egal war.

Es war etwas mehr als eine halbe Stunde, bis sie die Wohnblöcke erreichten, in der sich die Wohnung von Frau Pichel befand.
Sie verließen das Auto und Stella ging hinter Lars das Treppenhaus hinauf, als müsste sie sich hinter ihm verstecken. Lars klingelte und Frau Pichel rief von innen: „Moooment, bin gleich da." Kurz darauf öffnete sie die Tür und sagte: „Kommt rein, ich habe uns was gekocht. Ich hoffe, sie bleiben noch Dr. Linde?"
Lars sah, dass Stella immer noch etwas verstohlen auf dem letzten Absatz der Treppe stand. Er zwinkerte Frau Pichel zu und ging an ihr vorbei in Richtung Küche. „Stella kommst du auch?", hörte er Carla nüchtern fragen. Sie wartete einen Moment, dann ging sie hinaus zu ihr auf den Treppenabsatz, wo sie immer noch stand und sich keinen Millimeter bewegt hatte. „Stella, bitte komm herein. Ich mache dir keinen Vorwurf, ich bin nur froh, dass du wieder da bist", bei den Worten sah sie jetzt erst, dass Stellas Hände verbunden waren. „Oh Gott, Kind, was ist passiert?", und dabei war Carlas ganze Sorge zu hören. Frau Pichel nahm sie bei den Schultern, und ohne dass Stella ein Wort gesagt hatte, weil sie sich doch etwas für ihr Benehmen schämte, lies sie sich von ihr in den Flur schieben. Carla schloss die Tür und ihr Blick ging in Richtung Lars. „Was haben sie mit dem Mädel gemacht?"
„Ich?", dabei schaute er so unschuldig drein, wie der Pfarrer der Jakobskirche, „Stella ist mir direkt vor mein Auto gefallen und ich hätte sie beinahe überfahren. Aber es war gut, dass es mein Wagen war, so konnte ich sie vor der Meute, die hinter ihr herjagte, in Sicherheit bringen."

Sie sah Stella an und sagte: „Der Doktor wird noch zu deinem privaten Schutzengel."
Da kam Bewegung in Stella: „Wenn er aber immer erst dann zur Stelle ist, wenn das Unglück schon passiert ist, würde ich gern darauf verzichten." Auch Carla war jetzt nicht entgangen, wie warm sie dabei sprach.
„Komm Kind, setz dich und lass uns was essen, ich habe für uns gekocht." Es war zwar kein entspanntes Mahl, aber auch keine gespannte Situation. Irgendwie begegneten sich alle auf einer Zwischenebene und hatten sogar während des Essens ein Gespräch. Dabei achteten Carla und Lars darauf, dass die Beerdigung in diesem Gespräch keinen Platz fand.
Stella zog sich nach dem Essen in das Wohnzimmer zurück, da sie noch lernen wollte und Lars verabschiedete sich auch etwas später, nachdem er mit Carla die Ereignisse des Tages ausgetauscht hatte.

Der erste Prüfungstag war heute und Stella war als Erste aufgestanden. Der Kaffee brodelte und der Tee zog in der Tasse, als auch Carla ins Bad ging, um sich für den Tag zurechtzumachen. Der Tisch war mit dem gedeckt, von dem Stella wusste, dass es auch gebraucht wurde. Butter, Käse, Wurst, Marmelade und ein paar Scheiben Brot.
„Frau Pichel, beeilen sie sich ich muss gleich los", rief Stella in Richtung Bad und von dort kam zurück: „Du hast noch ein wenig Zeit, wir werden pünktlich da sein. Ich muss auch um acht im Büro sein."
So war es. Stella wurde vor der Schule abgesetzt und Carla hatte ihr mitgeteilt, wo die Aula der Schule ist, da Frau Scheffler ihr das beschrieben hatte.
„Ich drück dir die Daumen, Stella", sagte Frau Pichel, als Stella

das Auto verließ. Sie drehte sich noch einmal in Frau Pichels Richtung: „Wird schon, was jetzt nicht in der Birne ist, das darf nicht drankommen", und lächelte sogar dabei. Sie schloss die Tür und bewegte sich auf die Glastüren der Schule zu.
Da es gerade klingelte, strömten eine Menge Schüler mit ihr in das Gebäude. Im Inneren waren Hinweisschilder für die Prüflinge aufgestellt worden, da man wohl vermeiden wollte, dass sich einer verlief. Stella war das nur Recht, so musste sie nicht stundenlang suchen. Frau Scheffler wartete schon in der Aula auf sie. Stella musste wohl ziemlich verloren im Raum gestanden haben, da Frau Scheffler sie ansprach: „Stella?"
„Ja", kam es knapp von ihr zurück.
„Komm ich zeig dir deinen Platz, dann kannst du dich vorbereiten", ging bei den Worten voraus und wies auf den Tisch rechts im hinteren Eck der Aula.
Die meisten Schüler schienen alle mit sich beschäftigt zu sein, da auch weiter keiner seine Aufmerksamkeit auf die fremde Schülerin richtete. Pünktlich um acht fingen die Prüfungen an und es wurde mucksmäuschenstill im Raum.

Frau Pichel war in der Büroetage aus dem Fahrstuhl gestiegen und sah, dass Doris heute wohl etwas später kam. Ihr Platz sah noch nicht nach Arbeit aus. Carla schaltete ihren Computer ein, kochte Kaffee und wäre an die Telefone gegangen, wenn sie klingelten.
Aber irgendwie war heute Morgen alles anders als sonst, denn die Telefone klingelten nicht. Doris, die immer sehr pünktlich kam, war nicht zu sehen. Die Büros wurden nicht voller, sie blieben leer und Carla wurde es mulmig. Sie dachte nur: *Was ist denn hier los? Wo sind denn alle? Was ist passiert?*
Fragen über Fragen und so setzte sie sich hin und wählte die

Nummer von Doris Braun.
Sie scheint auf dem Weg zu sein, dachte Carla, da nach dem 4. Klingeln noch niemand am Apparat war.
„Brauuunn", kam es nach einem Knacken aus der Muschel. Es hörte sich an, als ob sie gerade aus den tiefsten Träumen erwacht war.
„Oh Doris, habe ich dich geweckt? Bist du krank?", kam es von Carla, die sich noch mehr wunderte. Sie warf schnell einen Blick auf den automatischen Kalender. *Nein, da stand Montag, sie hatte sich nicht im Tag vertan.*
„Ist Herr Kinser noch nicht da? Er hat am Freitag noch beschlossen, dass ich zu Hause bleiben soll, da wir sonst Däumchen drehen", kam es gereizt von Doris.
Da hörte sie den Aufzug nach oben kommen und sagte zu Doris: „Ich glaube, er kommt. Entschuldige, dass ich dich geweckt habe. Telefonieren wir nachher?"
Und nach einem „Ja" von Doris legten sie auf, da die Tür des Fahrstuhls sich öffnete.
„Guten Morgen Frau Pichel. Hätten sie ein Käffchen für mich?" schnurrte er an Carla vorbei in das Büro von Frank Weis.
Da sie gerade frischen gekocht hatte, bereitete sie eine Tasse vor und stellte sie auf ein Tablett mit Milch und Zucker. Damit marschierte sie, nachdem sie angeklopft hatte, in das Büro, in dem Herr Kinser saß.
Stapelweise Ordner und Papiere lagen auf dem Schreibtisch. Sie sah, dass da kaum noch Platz für die Tasse Kaffee war. Carla schaute sich um, wo sie am besten die Tasse abstellen konnte, als von Herr Kinser kam: „Geben sie her, ich stelle sie hinter mich." Da war noch ein kleiner Schrank, der etwas Platz aufwies.
Frau Pichel gab ihm das Tablett und er drehte sich mit dem

Bürostuhl um und nahm den Kaffee herunter. Das Tablett gab er Frau Pichel gleich wieder in die Hand und meinte: „Kommen sie dann direkt zu mir rein, wir haben einiges zu besprechen! Trinken sie aber auch erst in Ruhe ihre Tasse Kaffee."

Frau Pichel nahm das Tablett wieder mit und schloss hinter sich die Tür. Sie kam sich immer noch verloren vor. Es war schon komisch so allein in dem Büro. An der Tür war sie stehen geblieben und schaute über den Eingangsbereich in den Flur der Zeichenbüros. Von dort kam keine Stimme, kein Lachen, dabei war hier immer alles freundlich, nett und alle verstanden sich. *Wo waren alle hin?*

Sie hielt die Spannung nicht aus, schlürfte sehr schnell ihren Kaffee und trat ein paar Minuten später wieder in das Büro zu Herrn Kinser.

Er sah hoch, als Carla das Büro betrat, und bat sie, sich auf den Stuhl vor seinem Schreibtisch zu setzen. Dabei schob er die Akten vor ihrer Nase ein wenig beiseite, damit sie sich auch ansehen konnten.

„Sie sehen selbst Frau Pichel, ich habe die letzten Tage das komplette Büro auf den Kopf gestellt. Dazu Gespräche mit der Bank geführt und mich eingehend mit der Lage dieser Firma beschäftigt." Carla sah ihn an und hörte ihm gespannt zu. Herr Kinser fuhr weiter fort: „Warum erzähle ich ihnen das. Aus einem einfachen Grund. Mir ist bei meinen Recherchen zur allgemeinen Situation auch mitgeteilt worden, das Fräulein Weis bei ihnen ist und sie sich ein wenig um sie kümmern, nach dem tragischen Unfall der Eltern."

„Das ist richtig", warf Carla ein und fügte hinzu: „Was nicht ganz in ihrem Interesse liegt, da sie sich sträubt, die Hilfe anzunehmen. Aber so wirklich blieb ihr nichts anderes übrig."

Herr Kinser sah sie an und bemerkte: „Naja, sie ist ja noch sehr jung, sie wird irgendwann bestimmt verstehen, dass sie in ihnen eine Stütze hat."
„Irgendwie ist Stellas Leben gerade komplett aus den Fugen geraten. Zumindest für mich fühlt es sich so an und ich weiß nicht, wie sie damit klarkommt. Sie teilt sich nicht mit. Das einzige was man mitbekommt, dass sie auf ihre Eltern wütend ist, da sie nicht mehr da sind. Als wären sie in ein anderes Land gereist und kämen irgendwann zurück. Schwer vorstellbar, wie man sich eine solche Welt zurechtrücken kann, um die Augen vor der Wahrheit zu verschließen. Wenn ich ehrlich bin, habe ich Angst vor dem Moment, in dem sie wach wird."
Bei den Worten von Carla hatte Herr Kinser gelauscht, da er gern wissen wollte, auf was er sich einstellen musste, wenn er der Tochter die Lage der Firma preisgab.
„Frau Pichel", übernahm Herr Kinser wieder das Gespräch, „ich muss mit Stella reden und ich brauche von ihr Unterschriften, da sie den Nachlass regeln muss und das können wir nicht allzu lange aufschieben. Jeder Tag bedeutet, dass Kosten entstehen, die nicht getragen werden. Ich bitte sie daher, dass sie mich mit Stella zu einem Termin zusammenbringen. Das muss auch nicht hier sein, wenn sie der Meinung sind, dass es für sie nicht gut wäre, in diese Räume zu kommen."
Carla dachte kurz darüber nach und sagte. „Hätten sie etwas dagegen, wenn ich Dr. Linde mit hinzu bitte? Das ist ihr Arzt und er ist mit ihrem Gemütszustand vertraut", erklärte sie ihm, warum ihr die Anwesenheit des Arztes so wichtig war.
„Das können wir gern machen, wenn es auch Fräulein Weis recht ist."
„Haben sie heute Nachmittag Zeit, nach Büroschluss?", fragte

Carla.

„Da sind wir beim nächsten Thema Frau Pichel und das tut mir unsagbar leid." Herr Kinser druckste ein wenig herum und sagte dann: „Es gibt kein Büro mehr! Ich kann ihnen noch nicht einmal versprechen, dass sie ihr Gehalt für diesen Monat bekommen werden. Sie müssten sich also direkt nach einer anderen Stelle umschauen."

„So schlimm?", kam es erstaunt von Carla. Doris hatte sie ja schon vorgewarnt, aber das es so ernst war, damit hatte sie nicht gerechnet.

„Ja, deshalb will ich sie auch gar nicht aufhalten, damit sie heute noch beim Arbeitsamt einen Termin bekommen. Das Büro ist seit Freitag geschlossen, bis zur endgültigen Klärung.

Carla sah Herrn Kinser an und sagte: „Das soll es gewesen sein? Ein Büro, das zwei Menschen mit aller Liebe zu ihrem Beruf auf die Beine gestellt haben und dann ist alles zerstört? Das haben sie nicht verdient!"

„Ich weiß Frau Pichel, auch Frau Braun und die anderen Angestellten haben es sehr erschrocken aufgenommen, dass sie einen Arbeitsplatz räumen müssen, an dem ein sehr gutes Klima herrschte. Sie waren alle sehr erschüttert von der Entwicklung. Aber das Büro ist nun einmal abhängig von den Architekten und die sind, wie wir wissen, nicht mehr da."

Carla saß wie übertölpelt auf dem Stuhl vor dem Schreibtisch und sah erstaunt auf, als Herr Kinser wieder das Wort ergriff, nachdem er ihr einen kleinen Moment für ihre Gedanken gegeben hatte. „Wo treffen wir uns mit Fräulein Weis, Frau Pichel?"

Carla sah ihn an und antwortete: „Bei mir heute Nachmittag? Da ist auch niemand, der stören würde."

„Dann komme ich nachher bei ihnen vorbei. Ich würde sie nur

noch bitten mir die Adresse zu notieren", hörte Carla Herrn Kinser sagen und erhob sich von ihrem Stuhl.

Carla reichte Herrn Kinser noch die Adresse rein, zog sich ihre Jacke an und verließ, nachdem sie das Wichtigste aus ihren Schubladen in eine Kiste verstaut hatte, das Büro mit einem letzten Blick und einem sehr traurigen Gefühl. Es war nicht nur der Abschied von zwei Menschen, an dessen Seite sie jahrelang den Tag ausfüllte, da sie dort arbeiten durfte. Es war der Abschied von ihrem bisherigen Leben. Denn nicht nur das von Stella, auch ihr Eigenes brach gerade entzwei.

Stella war nach der Prüfung nicht direkt zu der Wohnung von Frau Pichel unterwegs, sondern machte einen Abstecher in die Pezzalotzistraße 34, ihrem Elternhaus. Wie ein Dieb schlich sie sich an das Grundstück heran. Sie wollte wissen, ob es da immer noch Journalisten auf sie abgesehen hatten, oder ob sie vielleicht doch wieder in ihre eigenen vier Wände zurück konnte. Dabei ging ihr der ein oder andere Gedanke durch den Kopf: *Die Pichel ist ja ganz nett, aber es nervt nur, meine Klamotten sind ja auch hier. Ich komme klar, weiß gar nicht was die alle wollen.*

Sie sah keine, ihr fremde Person, die auch nur ansatzweise wie ein Reporter aussah. Darum wechselte sie die Straßenseite und ging auf die Eingangstür zu. Sie stand vor der Haustür und kramte nach ihrem Schlüssel, wobei sie sich noch einmal umdrehte und dachte: *Geht doch, ich scheine ja doch nicht so interessant zu sein.*

Sie ging in ihr Zimmer und setzte sich an den kleinen Schreibtisch unter dem Dachfenster, drehte sich auf dem Bürostuhl im Kreis und hielt die Arme nach oben, wie zu einer Siegerpose. Jetzt saß sie dort, wo sie eigentlich nie weg wollte

und dachte: *Eigentlich wie immer, ich mach mir gleich was zu essen, dann kann ich weiter lernen. Heute Abend gehe ich früher zu Bett, dann merke ich gar nicht, dass etwas fehlt.*
Sie hörte das Telefon klingeln, setzte sich in Bewegung, um in das Wohnzimmer zu kommen, wo der Apparat stand. Als sie gerade abnehmen wollte, verstummte es. Sie überlegte: *Weiß doch keiner, dass ich hier bin. Kann nicht so wichtig gewesen sein!*
Sie ging zur Küche und warf einen Blick in den Kühlschrank. „Iiiiiiiiiihhhh", da kam ihr der Schimmel der restlichen Kartoffeln, die sie eigentlich braten wollte, entgegen. Die Milch gab auch schon einen mehr als säuerlichen Geruch von sich.
Sie sortierte die Teile aus, die ungenießbar oder abgelaufen waren und putzte den Kühlschrank aus, brachte den Müll nach draußen in die Container und sah über die Hecke, wie ein großer Land Rover an dem Grundstück hielt. Stella bewegte sich nicht von der Stelle. *Wer mag das sein, bestimmt gehört der zum Nachbarn,* dachte sie, aber ihr Gefühl sagte ihr etwas anderes. Was auch sofort bestätigt wurde, als zwei Personen aus dem Auto ausstiegen und auf die Haustür ihres Hauses zusteuerten. Einer von ihnen drückte den Knopf neben der Haustür und ein Summton erklang im Inneren.
Stella blieb wie angewurzelt stehen und ihr Herz schlug wie wild. *Wer ist das? Was wollen die von mir?* ging es ihr durch den Kopf. Sie überlegte, ob sie einfach hingehen und fragen sollte, dann wüsste sie, mit wem sie es zu tun hatte.
Aber nein, sie beobachtete aus ihrem Heckenplatz heraus wie Frau Langer aus der Nachbarschaft sich dem Land Rover näherte. Sie war von dem übernächsten Grundstück und scheinbar neugierig, was die Herren hier machten. „Frau

Langer?", schrie einer der Herren über die Straße und von ihr kam: „Sie müsste aber da sein, ich habe sie reingehen sehen."
Stella schnappte nach Luft: *Booh, das ist jetzt nicht wahr. Die hat mich an die Zeitung verkauft,* schoss es ihr durch den Kopf und am liebsten hätte sie ihr gehörig die Meinung gesagt.
Aber gut, dass sie in ihrem Unterschlupf ausharrte, da der Land Rover nicht der einzige Wagen war, der anrollte. In kurzer Zeit kamen noch drei weitere Autos und alle erhofften sich, sie anzutreffen.
Stimmen wurden lauter und kamen näher zur Hecke. Stella machte sich noch kleiner zwischen Hecke und Abfallcontainer.
Sie sah, wie eine Hand durch das Grün der Heckenblätter direkt neben ihrem Kopf erschien. Die Äste der Hecke wurden auseinander gedrückt und dabei hörte sie einen Mann sagen: „Im Garten ist sie nicht, wenn muss sie im Haus sein." Die Klingel summte erneut...
Die Hecke schob sich wieder zusammen und sie vernahm, wie die Schritte sich langsam entfernten.
Stella wartete noch ein paar Minuten, bis sie schleichend den Rückzug zum Haus antrat. Sie pirschte fast wie ein Indianer, der sich immer wieder gebückt umschaute, dass ihn auch ja niemand entdeckte. Dabei schossen ihr die Gedanken durch den Kopf: *Was mach ich hier? Was wollen die eigentlich von mir? Ob ich doch mal mit ihnen rede, dass sie Ruhe geben?*
Das verwarf sie aber schnell und überlegte nur, wie sie aus diesem Haus wieder herauskommen konnte.
Stella ging an der Haustür vorbei und bedachte nicht, dass sie durch das Vorbeihuschen auf der milchigen Glasscheibe einen Schatten hinterließ. Sofort wurde an der Haustür Sturm geklingelt und der Telefonapparat rappelte. Stella sprang die Treppe ins Obergeschoss hinauf. Es machte ihr Angst und sie

bekam ein Gefühl, als würde man sie in die Enge treiben. In ihrem Zimmer ging sie zum Schrank, packte schnell das Nötigste in ihre Tasche, die sie aus der Bodenfläche des Schrankes nahm.

Stella schaute sich noch einmal im Zimmer um und nahm als Letztes ein Bild mit, auf dem sie mit ihren Eltern zu sehen war.

Als sie unten ankam, hatte sie erneut eine Silhouette auf der Scheibe hinterlassen und alle wussten mit Sicherheit, dass sie da war.

Sie nahm das Telefon und brach das Klingeln ab. Da stand sie und dachte: *Wen ruf ich denn jetzt an? Ich habe von niemandem eine Nummer! Noch nicht einmal von der Pichel ...*

Sie überlegte und wählte dann.

„Kinser", hörte sie die Männerstimme und wusste, dass das der Rechtsanwalt ihrer Eltern war.

„Herr Kinser, hier ist Stella Weis. Ich brauche dringend die Nummer von Frau Pichel, haben sie die?"

„Ja, Moment ich schaue"

„Bitte beeilen sie sich, es ist dringend", dabei schaute Stella in den Flur, da sie Angst hatte, man würde die Haustür aufbrechen.

Sie hörte wieder die Stimme von Herrn Kinser: „Hören sie, ich habe sie, schreiben sie mit?"

„Moment", dabei griff Stella in eine Schublade, dort lagen Papier und Stifte. „Jetzt kann es losgehen", und sie schrieb die Zahlenreihe mit. Sie bedankte sich, legte auf um die Nummer zu wählen, die sie eben aufgeschrieben hatte.

„Pichel", kam es nach kurzem Klingeln.

„Frau Pichel, ich hab Scheiße gebaut und brauche die Hilfe vom Doc!"

„Stella, wo bist du? Was ist passiert?", man hörte Carla sofort

die Sorge an.
„Ich bin bei uns"
„Wie bei uns? In deinem Elternhaus? Kind was machst du denn da?", fragte Carla aufgebracht weiter.
„Schicken sie mir einfach den Doc, der soll mich vor der Meute retten!", kam es von Stella und sie legte auf, bevor sie noch von Frau Pichel eine Standpauke erhielt. Sie schaute wieder in den Flur und war etwas beruhigt, da sich die Reporter wohl wieder wartend auf die Straße zurückgezogen hatten und es vor der Tür etwas ruhiger geworden war.
Stella setzte sich vor dem Telefon auf den Boden. Sie hätte heulen können, weil ihr die Welt so ungerecht vorkam und sie wohl niemand verstand. Sie wollte doch einfach nur ihre Ruhe.
Sie saß eine ganze Weile in Gedanken verloren, als plötzlich jemand an die Terrassentür klopfte. Ein Kopf, zu dem die Hand vor der Glastür gehörte, versuchte in das Zimmer hineinschauen.
Stella sprang hoch, öffnete die Tür wobei sie sagte: „Na, Gott sei Dank, aber was machst du denn hier hinten?"
Lars der ziemlich wütend über ihre Aktion war, hätte ihr am liebsten den Hosenboden versohlt. Er versuchte aber die Situation nicht noch schlimmer zu machen, deshalb sprach er in einem ruhigen Ton: „Komm, ich habe mich über die angrenzenden Grundstücke zu dir durchgeschlagen und den Weg nehmen wir auch auf dem Rückzug."
„Ok", darauf wär sie nicht gekommen und sagte zu ihm weiter: „Doc du bist ein Genie. Ich wusste, du rettest mich!"
Er sah, wie sie ihre Taschen zusammen nahm und erst jetzt wurde ihm bewusst, wie gut es sich anfühlte, dass ihr nichts Schlimmeres zugestoßen war. Er hatte auf dem Weg zu ihr, die wildesten Vorstellungen und merkte, wie er mit jeder Minute

die sie sich von dem Grundstück entfernten, ruhiger wurde.

Es dauerte eine Weile, bis sie an der Tür von Frau Pichel klingelten. Carla öffnete und sah Stella mit einem Blick an, der verriet, dass sie für diese Aktion kein Verständnis aufbrachte. Zu Lars sagte sie: „Wenn das so weiter geht, können sie sich von Stella als ihr Bodyguard engagieren lassen."
Zu Stella gewandt: „Herr Kinser ist da."
Stella blickte sie fragend an und dachte: *Noch einer der besorgt gleich zuspringen möchte? Die können ja einen Club aufmachen.*
Carla sprach in ihre Gedanken und erklärte: „Er wusste nicht, ob es bei dem Termin bleibt, den wir vereinbart hatten, als du bei ihm angerufen hast. Aber er hat sich dennoch auf den Weg gemacht, denn er muss dringend mit dir sprechen. Ich hatte keine Gelegenheit dich vorher darauf vorzubereiten", sagte sie mehr vorwurfsvoll zu Stella.
Diese blickte sich um und sah Herrn Kinser im Wohnzimmer.
„Herr Kinser, sie wollen zu mir?"
„Ja, Fräulein Weis, ich hoffe es ist alles in Ordnung bei ihnen, sie klangen sehr aufgeregt, vorhin am Telefon. Ich muss dringend ein paar Dinge zum Nachlass mit ihnen durchgehen."
„Muss das sein?", kam es von Stella, die sich eigentlich nach dem Schreck verkriechen wollte.
„Ja, sie sind die Alleinerbin und so wie es aussieht, gibt es dafür keinen Aufschub. Bitte setzen sie sich, damit ich ihnen alles erklären kann. Sie haben doch nichts dagegen?", dabei sah er zur Tür auf Dr. Linde und Frau Pichel, „wenn die beiden Anwesenden mit im Raum bleiben?"
„Nein, habe ich nicht, sie entscheiden doch eh für mich, da ich unfähig bin", kam es wieder zickig von Stella.
Sie setzten sich alle um den Tisch im Wohnzimmer, den Frau

Pichel dafür hergerichtet hatte. Das Bettzeug von Stella hatte sie am Mittag schon beiseite geräumt.
Herr Kinser legte Stella in der nächsten Stunde alle Daten offen. Die Fragen, die entstanden, beantwortete er so gut er konnte und machte sich Notizen zu Dingen, die noch in der Schwebe waren.
Er endete seine Ausführungen mit: „... und das bedeutet für sie Fräulein Weis, dass ich ihnen dringend abrate, das Erbe ihrer Eltern anzutreten. Aber die Entscheidung müssen sie ganz allein treffen."
Sie verstand es nicht und dachte: *Es war doch immer genügend Geld vorhanden. Warum haben meine Eltern so schlecht gewirtschaftet, oder habe ich da was falsch verstanden.*
In die Runde fragte sie: „Sie wollen mir damit sagen, dass ich mittellos bin? Oder aber das Erbe annehme und für mein ganzes Leben in Schulden bade?"
Herr Kinser antwortete und versuchte es noch einmal zusammenzufassen: „Ihre Eltern haben für das Projekt alles auf eine Karte gesetzt. Dabei sind Kosten entstanden. Das Büro muss auch noch abgerechnet werden und am schlimmsten ist, dass für diesen Unglücksfall noch nicht sicher ist, wer für welche entstandenen Kosten aufkommen wird. Das Haus wird dabei auch mit in diesen Topf wandern und an die Bank übergehen. Das einzige, was ihnen bleibt ist die Lebensversicherung ihrer Mutter und nach Abzug der Beerdigungskosten, die sie privat tragen müssen, sind das 16.254 Euro. Diese erhalten sie aber nur, wenn sie das Erbe ablehnen, ansonsten werden sie damit anfangen müssen die Schulden zu tilgen."
Sie schüttelte den Kopf: „Niemals, wo muss ich unterschreiben."

Herr Kinser legte ihr die Papiere vor und sie setzte, ohne weiter darüber nachzudenken, ihren Namen darunter.
Frau Pichel sah Herrn Kinser an und sprach aus, was sie dachte: „Das war es dann und damit ist meine Kündigung auch rechtskräftig."
Stella erschrak bei ihren Worten. Daran hatte sie ja überhaupt noch nicht gedacht, die Mitarbeiter, und war das erste Mal betroffen, wie es schien: „Das tut mir sehr leid, das habe ich nicht gewollt."
„Um Himmels willen Kind, das ist ja nicht deine Schuld, du musst selber schauen, wie sich dein Leben fortsetzt", war sie ihr sofort wieder schützend zur Seite gesprungen, da sie ihre Worte bereute.
Herr Kinsers Aufgabe war somit erledigt und er verabschiedete sich von allen und versprach sich um alle weiteren Abläufe zu kümmern. Das wäre er den Eltern schuldig nach all den Jahren, die sie gut zusammengearbeitet hätten. Er zog einen Brief aus der Tasche und gab ihn Stella: „Der scheint persönlich für sie zu sein, er war bei den testamentarischen Unterlagen und trägt ihren Namen."
Stella sah den Brief kurz an und schob ihn in ihre Tasche. Irgendwann würde sie ihn lesen, aber nicht heute. Noch mehr schlechte Nachrichten von ihren Eltern brauchte sie jetzt nicht mehr.
„Willst du ihn nicht lesen Stella", schaute Frau Pichel sie fragend und erstaunt an.
„Später, heute reicht mir das, was passiert ist vollkommen an Neuigkeiten."
Lars war die ganze Zeit sehr still gewesen und hatte Stella und Frau Pichel beobachtet. Was für eine Situation. Er wusste nicht, wem er gerade mehr Aufmerksamkeit schenken sollte,

denn für ihn stand fest, dass auch Frau Pichel all ihre Stärke aufbrachte, um der Situation Herr zu werden. Sie war mit ihren 53 Jahren nicht mehr die Jüngste und eine neue Arbeit zu finden, würde für sie nicht einfach werden. Auch er verabschiedete sich etwas später, da er für die Frauen nichts mehr tun konnte. Stella hatte sich wieder im Wohnzimmer ausgebreitet und Carla Pichel war keine gute Gesprächspartnerin, was mehr als verständlich war.

Am nächsten Morgen saß Frau Pichel schon über der Zeitung und studierte die Anzeigen. Stella hatte wieder eine Prüfung und musste sich heute darauf vorbereiten. Sie machte sich, nachdem sie Frau Pichel einen „Guten Morgen" gewünscht hatte, auf die schnelle ein Brot und einen Tee und nahm beides zum Frühstücken mit ins Wohnzimmer.
Carla beobachtete sie dabei und fand es mehr als eigenartig wie Stella mit der ganzen Situation umging. Als wäre nichts geschehen, ging sie ihrem gewohnten Rhythmus nach. Die Firma ihrer Eltern, und auch das Haus würden bald anderen Menschen gehören und sie war mittellos kurz vor dem Abitur. Kein bisschen Traurigkeit, als hätte es das alles nicht gegeben. Kein bisschen Angst vor der Zukunft, als würden keine Probleme auftauchen. Oder konnte sie all das hinter ihrer Fassade aus Trotzigkeit verstecken? War Stella im Inneren, wie sie sich nach außen gab? Carla fragte sich auch, wo die Stella geblieben war, die ihre Eltern im Büro ab und zu besuchte. Die ihre Mutter immer beschrieb und auf die sie so unsagbar stolz war. Eine freudestrahlende junge Frau, die alle in ihren Bann zog, war heute eine überforderte junge Frau geworden, der das Leben die härteste Prüfung auferlegt hatte, die es für sie finden konnte. Carla wusste aber auch, dass das alles auf

Dauer keine Lösung sein würde, da sie mit dem Geld vom Arbeitsamt gerade so ihr eigenes Auskommen hatte. Man müsste schauen was Stella vor hat und dann eventuell für sie Förderungen beantragen oder Bafög. Die Frage, wie das gehen soll mit zwei Menschen, in dieser kleinen Wohnung schoss ihr auch durch den Kopf. Aber um eine Lösung zu finden, wollte sie warten bis Stella die Prüfungen hinter sich hatte.
Carla hatte sich angezogen und war sehr früh aus dem Haus gegangen. Mit einem „Ich habe heute noch einiges zu erledigen und werde erst gegen Abend zurück sein", informierte sie Stella über ihr Vorhaben, bevor sie die Wohnung verließ.
Stella war es nur recht, so konnte sie in Ruhe den Stoff für die morgige Prüfung durchgehen.
Carla war in der Stadt, auf dem Amt und bei Doris gewesen. Frau Braun und sie hatten versucht, sich gegenseitig Mut zu machen, da sie in einer ähnlichen Situation waren. Carla genoss es, mit der Freundin zu plaudern. Sie lachten sogar zusammen, auch wenn die Umstände, dass sie jetzt nicht mehr gemeinsam in einem Büro saßen, alles andere als zum Lachen waren.

Gegen Abend kam sie total erledigt zurück und sah, dass Stella das Abendbrot aufgetischt hatte. Sie zog den Mantel aus, stellte die Dinge, die sie besorgt hatte in die Schränke, und setzte sich zu dem Mädchen an den Tisch. „Wie war ihr Tag heute?", fragte Stella und erstaunte Carla damit. „Es war anstrengend, ich hatte einiges zu erledigen. Dabei bin ich auch auf dem Weg bei Frau Braun gewesen, die dich ganz herzlich grüßen lässt."
„Wie geht es ihr denn, sie ist doch jetzt auch arbeitslos?"

Carla sah Stella verwundert an und sagte: „Sie versucht genau wie ich eine Lösung zu finden. Leider sind wir in einem Alter, in dem das nicht mehr so ganz einfach ist. Aber mach dir keine Gedanken, das wird schon."
Stella nickte und meinte: „Was mir heute aufgefallen ist, dass sich keiner meiner Freund in den letzten Tagen gemeldet hat. Ich dachte immer ich hätte welche. Aber ok, ich hätte mich ja auch melden können."
Jetzt sah Frau Pichel Stella mit großen Augen an: „Die waren doch alle auf der Beerdigung. Viele deiner Freunde wollten dich dort unterstützen, aber du warst nicht da." Stella war ganz still geworden und Carla sprach weiter: „Eine junge Frau sprach mich auch auf dich an, ich glaube, Conny war ihr Name und erkundigte sich, wie es dir geht."
Stella sprang auf und fasste sich mit der Hand an die Stirn, wobei sie nach Luft schnappte: „Das haben sie mir nicht erzählt?"
„Ich habe nicht daran gedacht, da die Sorge um dich an dem Tag viel größer war. Außerdem ist es besser, wenn du dich nicht mit ihnen triffst. Wenn erst heraus kommt, wo du bist, dann bist du auch hier ein gejagtes Reh. Zu viele wollen noch wissen, was die Architektentochter jetzt macht." Stella war zornesrot geworden und schrie: „Ihr könnt doch nicht einfach mein ganzes Leben abschalten!"
Von Carla kam nur noch ein entrüstetes: „Stella", als die Tür des Wohnzimmers ins Schloss knallte. Das hatte sie nicht gewollt!

Am nächsten Morgen war es sehr still in Carlas Wohnung. Sie machte Frühstück, las die Zeitung und nach einiger Zeit hielt sie es an ihrem Küchentisch nicht mehr aus. Sie stand auf und

betrat das Wohnzimmer, nachdem sie geklopft hatte und sich im Innenraum nichts rührte. Sie sah hinein, aber das Zimmer war leer. Carla stand in dem Raum und diese Leere erdrückte sie. Sie wusste sofort, dass Stella weg war. Ihre Bücher lagen noch aufgeschlagen auf dem Tisch. Ihr Koffer stand noch neben der Couch. Aber Stella war nicht mehr da.
Nur die Tasche, in die sie ein paar Sachen hineingetan hatte, war mit ihr verschwunden. Sie musste sich über Nacht aus der Wohnung geschlichen haben. *Warum tut sie mir das an? ...* stellte sich Carla die Frage. Sie griff nach dem Bettzeug und ordnete es, als wollte sie Ordnung schaffen, wenn Stella nachher wieder kam. Sah die Bücher auf dem Tisch und überlegte, ob sie da etwas verändern durfte. Sie schob die aufgeschlagenen Bücher übereinander und sah den Zettel, der von Stella unter das letzte Buch geschoben worden war.

Hey Doc,

eigentlich bist du ein cooler Typ, aber dass du dich mit der Pichel zusammengetan hast, das ist mehr als enttäuschend. Ich glaub du bist der Einzige, der auch nur ansatzweise verstanden hat, was in meinem Leben gerade schief gelaufen ist.

Ich hätte dich jetzt gern angerufen und mit dir gequatscht, so wie auf der Brücke, aber besser ich lass das, nicht dass du dir noch was drauf einbildest.

Mein Leben ist total verkorkst, ich will nicht, dass du deinen Traum verlierst. Vielleicht denkst du später mal an die Verrückte von der Brücke.

Ich nehme jetzt mein Leben wieder selbst in die Hand.
Tschüss Stella

Carla schaute auf den Zettel. Sie hatte die Worte gelesen und dachte: *Was macht sie denn jetzt wieder? Wie will sie denn lernen ohne die Bücher? Ich werde Herrn Linde fragen, was er von allem hält.*
Sie ging in den Flur und nahm den Hörer in die Hand. Wählte die Nummer auf dem Kärtchen, das sie neben das Telefon gelegt hatte. Carla lauschte dem Signal, dass die Verbindung hergestellt wurde.
„Linde"
„Dr. Linde hier ist Carla Pichel", gab sie sich zu erkennen.
„Frau Pichel, ist was mit Stella?", dabei ging Lars sofort durch den Kopf, was jetzt wieder passiert sein könnte.
„Ach Dr. Linde, das Kind ist weg! Sie hat an sie einen Brief geschrieben. Tasche und Jacke mitgenommen und über Nacht das Weite gesucht."
„Frau Pichel vielleicht verstehen sie nur was falsch. Wo soll sie denn hin sein, sie macht doch ihre Prüfungen."
„Die Bücher hat sie alle dagelassen. Wir hatten gestern einen schlimmen Streit", und jetzt brach es aus Carla heraus. Sie erzählte von dem Abend und ihrer Reaktion. Sie machte sich Sorgen, da sie das Gefühl hatte, das Stella ganz und gar nicht auf eigenen Beinen stand.
„Ich werde später bei ihnen reinschauen, bis dahin versuchen sie, sich ein bisschen zu entspannen."
Er wusste, dass es Frau Pichel nicht gut ging. Das hörte er bei jedem Wort, da sie sich die größten Vorwürfe machte.

Carla ahnte nichts davon, was Stella an diesem Abend bewegte. Was nach dem Streit in Stella vorging…
Sie hatte sich am Abend sehr über Frau Pichel geärgert. Sie

wollte einfach nicht mehr wie ein Kleinkind behandelt werden. Stella wollte eigene Entscheidungen treffen und nicht, dass man Entscheidungen über ihren Kopf hinweg traf. Bisher hatte sie allem nur zugestimmt, aber entschieden hatten doch andere für sie. Frau Pichel, dass sie in dieser Wohnung hing. Herr Kinser oder die Bank, dass sie pleite ist. Und der Doc … *sie dachte an den Mann, der mit ihr auf der Brücke gestanden hatte und ihr das einzige Mal das Gefühl gab, dass sie überhaupt jemand ernst nahm. Aber bestimmt er nicht auch über mein Leben, wenn er die Gelegenheit hat? Er ist eigentlich auch nicht besser, schoss es ihr durch den Kopf, da er mich immer wieder bei der Pichel abliefert.*

Sie nahm einen Zettel und schrieb ein paar Zeilen an ihn …
Schob den Zettel unter die Bücher, die sie nicht mehr brauchte und hing einen Moment ihren Gedanken nach: Wofür soll ich das alles noch lernen. Ich will leben, wer weiß, wie lange ich das noch kann und wenn am Ende der Schufterei eh nichts übrig bleibt, kann ich es auch direkt lassen.

Stella nahm ihre Tasche und packte ein paar Sachen aus dem Koffer hinein. Papiere und was sie sonst noch brauchte, war da sowieso schon drin und jetzt sah sie das Bild, das sie beim missglückten Versuch in ihrem Elternhaus zu bleiben, eingesteckt hatte. Ein Bild aus den Tagen, als sie noch eine glückliche Familie waren. „Schaut es euch ruhig an, das habt ihr doch klasse hinbekommen, alles ist weg!", blaffte sie das Bild an.

Sie horchte, bis sie hörte, dass Frau Pichel in ihr Schlafzimmer verschwunden war. Dann wartete sie noch etwa eine Stunde, in der sie immer wieder kurz darüber nachdachte, ob sie das Richtige tat. Bestätigte ihr Tun aber mit einer solchen

Selbstverständlichkeit und verließ kurz vor Mitternacht das Haus.
Sie ging bis zum Heine-Platz, wo sie auf das Traumhotel der Stadt zusteuerte. Ein Page, der vor dem Hotel stand, wollte ihr die Tasche abnehmen, aber sie verneinte, und er stellte sich wieder in Position für den nächsten Gast. Stella benutzte die Drehtür, um in den Innenraum des Hotels zu gelangen. Sie wusste, wie man sich in einem Hotel bewegte, da sie immer mal von ihren Eltern mitgenommen worden war, wenn sie über Nacht weg mussten und ein Ferientag es möglich machte. Um diese Uhrzeit war es wohl der Nachtportier, der ihr nun ein passendes Zimmer heraussuchte.
„Ein Nichtraucher oder ein Raucherzimmer die Dame?", fragte er über die Rezeption hinweg.
„Ein Nichtraucher bitte"
„Zimmer 269 habe ich für sie. Ein ruhiges Zimmer mit dem Blick auf die Altstadt", kam es von dem Portier und Stella meinte daraufhin: „Mir ist alles recht, Hauptsache ein Bett."
Nachdem alle Formalitäten erledigt waren, wollte sie nur noch auf ihr Zimmer.
„Kleinen Moment, sie werden gleich hinaufgebracht. Haben sie Gepäck?", fragte er noch hinter ihr her, als sie schon auf dem Weg zum Lift war.
„Nur Kleines, das geht schon so", und da der Lift gerade unten war, stieg sie ein und die Tür schloss sich.

Sie war die nächsten zwei Tage nur für die Hotelangestellten zu sehen. Wie schlaftrunken hatte sie sich ins Bett gelegt. Bestellte zwischendurch Getränke, Frühstück und ähnliches auf ihr Zimmer, wobei sie es sich so richtig gut gehen ließ.
Am dritten Tag hatte sie Lust auszugehen und die Stadt

unsicher zu machen. Sie nahm ein Bad und trällerte Lieder, als sie mit der Bürste über ihren Rücken schrubbte.
Zog sich ihre Jeans an, die Frau Pichel gekauft hatte, und dazu ein buntes Top. Große Auswahl hatte sie nicht, da die meisten Teile nicht in die kleine Tasche passten und der Koffer bei Frau Pichel geblieben war.
Stella überlegte kurz, ob sie zu Hause vorbei gehen sollte, um sich noch einen Blazer und passende Schuhe zu holen. Verwarf es aber wieder, da sie nicht riskieren wollte, dass sie wieder bei der Pichel landete. Dabei fiel Stella ein: *Was mache ich denn mit den ganzen Sachen im Haus?* Sie überlegte kurz und beantwortete sich die Frage im Selbstgespräch: „Da kann sich der Kinser drum kümmern. Vielleicht ist das ja auch alles Erbgut und er muss das auf dem Flohmarkt verkloppen." Bei der Vorstellung lachte sie schallend.
Sie war in einem Gemütszustand, der zwischen *Scheiß egal* und *nach mir die Sintflut* lag.
Stella verließ das Hotel und schlenderte die Straße in Richtung Altstadt. Als sie an einem Kiosk vorbei kam, sah sie, dass der Unfall immer noch Platz auf der ersten Seite hatte. Zwar nur noch ein Fünfzeiler, aber es war noch Thema in der Stadt. Sie kaufte eine der Zeitungen und schaute sich den Innenteil etwas genauer an. Auf Seite 5 stand der Artikel, mit einem Foto von ihr.
Ach du Scheiße ... dachte sie und das war das erste Mal, dass sie überhaupt eine Zeitung zu den Ereignissen aufschlug. Bisher hörte sie nur, wie andere darüber nachdachten und sagten, was morgen wieder drin stehen könnte. Aber das, was sie sah, erschlug sie jetzt doch. Sie überlegte, ob sie die Stadt oder noch besser das Land verlassen sollte oder sich in dem Hotelzimmer vergraben. Der Artikel war das Peinlichste, was

sie jemals über sich gelesen hatte:

Stella Weis läuft vor der Verantwortung davon!

Sie las den Artikel dazu gar nicht erst, aber das Bild betrachtete sie genauer. Es zeigte die Situation, als sie vor den Reportern oder vor Lars oder war es doch vor Frau Pichel, auf der Beerdigung davon rannte.
Stella schaute sich mit der aufgeschlagenen Zeitung um, ob noch jemand das Blatt in die Hand genommen hatte und sie vielleicht erkennen könnte. Aber alle, die an ihr vorbei gingen, schienen kein Interesse an ihrer Person zu haben. Das beruhigte sie ein wenig, wobei es bestimmt Menschen gab, die sie erkannten. Jetzt war Veränderung gefragt!
Sie steuerte einen kleinen Friseurladen an und ging hinein.
„Guten Tag", sagte die Frau an dem Kassentisch, die auch direkt aufstand, als Stella auf sie zu kam und auch einen „Guten Tag", erwiderte.
„Möchten sie einen Termin, oder möchten sie gleich? Eine Kundin ist abgesprungen, so hätte ich etwas frei"
Stella schaute sich um und sah, dass der Laden gut besucht war. Aber was viel schlimmer war, einige blätterten unter der Trockenhaube in der Tageszeitung. Sie brauchte rasche Veränderung, darum sagte sie: „Ich möchte jetzt."
Die Frau ging voraus und bot ihr den ersten Stuhl in der Reihe an. „Nur Spitzen schneiden? Sie haben ein gesundes Haar", dabei fasste sie einmal mit der Hand in Stellas lange Haare.
„Nein ich möchte eine peppige Kurzhaarfrisur, darf auch bunt werden. Einen längeren Pony ins Gesicht fallend", beschrieb Stella, wie sie sich ihr Aussehen vorstellte.
Die Friseuse schaute auf Stellas Haare und dann durch den

Blick im Spiegel auf Stella und sagte sehr erstaunt: „Sie haben so tolle lange Haare, die wollen sie wirklich abschneiden lassen?"
„Ja", kam es so schnell von Stella zurück, dass die Friseuse das als klare Ansage wertete.
Es war ein Kommen und Gehen in dem Laden und dieser schien bei den Kunden sehr beliebt zu sein. Die Stuhlreihe war über die Zeit, in der Stella in dem Friseurladen saß, fast immer belegt. Nach über zwei Stunden verließ sie diesen Laden und hoffte, dass sie jetzt unentdeckt das tun konnte, was sie wollte. Denn die Veränderung, die sie vorgenommen hatte und dazu kam auch das permanent Make-up, waren ja auch wieder nur Auswirkungen auf die Ereignisse. Die verdankte sie den Reportern und das war für sie Fakt.
Stella legte sich nicht nur eine neue Frisur, einen neuen Look fürs Gesicht, sondern an diesem Nachmittag auch noch ein komplett neues Outfit zu.
Frau Pichel wäre glatt in Ohnmacht gefallen, wenn sie Stella so gesehen hätte. Die Verwandlung aus dem lieben jungen Mädchen von einst in eine rasant flotte Biene.
Sie brachte die ganzen Errungenschaften auf ihr Hotelzimmer. Damit sie das alles schleppen konnte, hatte sie sich noch eine große Sporttasche geleistet.
Stella nahm sich vor, an diesem Abend die Stadt unsicher zu machen. Sie wollte allen zeigen, dass sie bereit war, die Herausforderung anzunehmen.
Aber ganz so frei war sie wohl doch nicht, da sie genau die Diskotheken und Lokalitäten mied, in der sie Freunde vermutete, die sie erkennen konnten.
Sie traf niemanden, der sie erkannte. Sie tanzte mit allem und keinem. Sie erzählte dem Barmann nach ein paar Drinks wie

beschissen das Leben sein kann und torkelte gegen halb vier in der früh ins Hotel zurück.

„Hallo junge Frau, wo wollen sie denn hin?", fragte der Portier, als sie von der Drehtür in Richtung Lift lief.

„Iiin meeein Beeett, wo sooonst", sagte sie, wobei ihr etwas schummerig wurde, als sie sich um ihre Achse drehte.

„Haben sie hier ein Zimmer?", wollte der Portier es doch genauer wissen, da er sie nach den vielen Veränderungen, nicht auf Anhieb zu erkennen schien.

„Sie haaaben mir doch einssss gegeben", hob den Schlüssel hoch über ihren Kopf und wedelte damit hin und her, als wollte sie eine Fahne schwingen.

„Ist ja gut, soll ich sie hinauf begleiten?", er war der Meinung, dass sie in diesem Zustand bestimmt das Zimmer verfehlte.

„Geeeeht schonn", und Stella drehte sich wieder in Richtung Lift um, wobei sie fast über ihre eigenen Beine gestolpert wäre.

Am nächsten Morgen wusste sie nicht mehr viel von dem, was am Abend alles passiert war. Bruchstücke kamen ihr ins Bewusstsein, aber das meiste war wohl mit Alkohol hinuntergespült worden. Sie merkte, dass ihr flau im Magen war und der Kopf sich anfühlte, als hätte sie zwischen zwei Becken des Sinfonieorchesters gestanden.

Stella hangelte sich ins Bad und lehnte sich mit den Armen auf das Waschbecken, reckte sich vor und tat einen Blick in den Spiegel, der so groß war, dass sie den kompletten Eingangsbereich des Raumes darin sah. Aber nicht nur das, sie sah sich und laut kam von ihr: „Ach du grüne Neune, wo bist du denn entsprungen?" Sie sah ihre Haare, die normalerweise auch erst entkuzzelt werden mussten, aber wie sie diese

Kopfplatte mit dem Heckengestrüpp wieder auf die Beine stellen sollte, das war ihr ein Rätsel. Sie sprang unter die Dusche und versuchte es anschließend mit dem Föhn, der neben dem Waschbecken hing. „Nicht schön, aber selten. So erkennt mich bestimmt niemand mehr", war Stellas Endergebnis, das sie ihrem Spiegelbild mitteilte.
Stella dachte: *So lässt es sich leben!* Und das Programm zog sie auch über Tage durch.
In der Tageszeitung war von ihr nichts mehr zu lesen. Da der Unfall sich in einer anderen Stadt ereignet hatte, würden auch die Menschen sich bald gar nicht mehr an ihren Namen erinnern, da war sie sich sicher.

Als Stella an diesem Abend das Hotel verließ, war es wie jeden Abend. Der Nachtportier hatte schon den Dienst angetreten und in der Lobby war es ruhig. Man wunderte sich überhaupt nicht mehr, dass sie nur nachts zu sehen war und tagsüber die Hotelangestellten mit Bestellungen auf das Zimmer gerufen wurden. Das Zimmer 269 hatte schon einen eigenen Service bekommen, da tagsüber immer *Bitte nicht stören* an der Tür hing.
Man stellte sich auf den Gast ein und nicht der Gast auf den Hotelbetrieb. Der Gast ist König, war auch die Devise des Traumhotels. In Hotels gingen so viele Menschen ein und aus und wer länger in der Branche tätig war, wusste, dass es nicht unüblich war, mal für ein paar Tage die Normalität zu vergessen. Es gab viele Geschäftsleute, die keine Familie hatten und in Hotels die Entspannung suchten, wie andere die dazu nach Hawaii flogen oder in den Bergen krachselten.

Stella schlenderte die Straße entlang zur Bank, da sie wieder

einmal ihre Karte bemühen musste, um sich für den Abend das nötige Kleingeld zu verschaffen. Sie schaute in die Schaufenster und überlegte, was sie sich als nächstes kaufen würde, wobei sie da einiges in den Auslagen sah, dass ihr gefiel.
Stella war vor dem Unfall ihrer Eltern immer vernünftig mit Geld umgegangen und kannte den Begriff arm und reich. Aber sie hatte nie so große Wünsche, dass sie nicht erfüllt werden konnten. Ihre Eltern hatten ihr früh beigebracht, dass man nur dann Geld ausgeben konnte, wenn man auch welches verdient hatte. Sie lernte sehr früh, auch das Geld des Haushaltes zu verwalten, da sie für die Eltern den Einkauf, Reinigung und andere Erledigungen mit übernahm. Aber all das schien sie aus dem Gedächtnis gestrichen zu haben, bei dem was sie jetzt tat.
Sie ging an den Geldautomaten, steckte die Karte in den dafür vorgesehenen Schlitz, gab die Geheimzahl und den Betrag ein. Normalerweise kam jetzt das Geld heraus ...
Sie sah, wie die Karte im Schlitz verschwand und die Anzeige rot wiedergab: **BITTE MELDEN SIE SICH BEI IHRER BANK**
Stella stand wie eine Steinsäule vor dem Apparat. Sie dachte nur: *Was soll das denn wieder ...* und sofort kam ihr der Verdacht, dass ihr wieder jemand ins Leben pfuscht und ihr einfach das Konto gesperrt wurde.
Dass sie aber in den letzten Tagen mehr ausgegeben hatte, als jemals auf diesem Konto war, dass bedachte sie gar nicht. Sie hatte auch zum Geld jede Relation verloren. Allein das Hotel musste ein Vermögen gekostet haben ...
Stella überlegte und schaute in die noch offene Geldbörse, in der sich eben noch die Karte befand, die der Geldautomat nun verschluckt hatte. Sie zählte den Inhalt und kam auf 17,34

Euro.

Keine Diskothek, keine Shoppingtour, sondern sie lief planlos in der Gegend umher, um zu überlegen, was sie jetzt tun sollte.

Dabei kam sie irgendwann dorthin, wo sie in der letzten Zeit das einzige Mal einen Moment erlebt hatte, der ihr positiv im Gedächtnis geblieben war. Der Moment mit Lars auf dieser Brücke.

Auf der Brücke, in dem Park, und obwohl es eine sehr kalte Nacht war, die Lederjacke nicht wirklich wärmte, lief ihr ein warmer Schauer durch den Körper, als sie an ihn dachte. Sie lachte über sich selbst und sagte laut: „Mensch Stella, der Knabe fehlt dir gerade noch. Du weißt selbst nicht, wie der Morgen aussieht, aber lässt dir den Kopf verdrehen. Das kannst du knicken, der ist zu alt und nachdem was du dir alles geleistet hast, will der eh nichts mehr von dir wissen." Es stimmte sie traurig und ihre Gedanken rotierten: *Wie soll es denn weitergehen? Was mach ich jetzt? Schade, dass die Brücke nicht hoch genug ist ...*

Es wurde ihr immer kälter, da sie stundenlang gelaufen war. Die Nacht im Park zeigte ihr, wie früh es doch im Jahr war, denn die Nächte brachten noch Frost mit sich. Sie musste sich dringend was Warmes zum Unterkommen suchen. Stella kam der Gedanke, dass ja noch niemand wusste, dass sie keine Geldkarte mehr hatte und ging als wäre nichts geschehen ins Hotel zurück. Es war ihr klar, diese Rechnung konnte sie auf keinen Fall bezahlen.

Sie packte ein paar ihrer Sachen in die kleine Tasche, da wo auch ihre Papiere drin waren. Was nicht rein passte, musste im Hotelzimmer bleiben. Bestimmt würde es bei den Fundsachen landen, dachte Stella. Aber das Wichtigste,

warum sie noch einmal zurück musste, war der Schlüssel. Sie hatte ihn seit Tagen nicht mehr in der Hand gehalten und hoffte jetzt, dass sie dort in ihrem Elternhaus, noch Unterschlupf finden konnte. Es würde ja nicht auch noch mitten in der Nacht die ganze Nachbarschaft Wache stehen.
Sie hatte Glück, der Portier sah sie zwar und grüßte nett, aber wunderte sich nicht, warum sie um die Zeit, wo sie normalerweise ankam, das Hotel wieder verließ.
Sie lief den ganzen Weg zu Fuß, denn leider reichte das Kleingeld nicht für ein Taxi. Für so einen Luxus, das Geld zum Fenster hinauswerfen, das konnte sie sich nicht leisten. Es wurde schon hell, als Stella das Haus sah. *Die Terrassentür musste doch noch offen sein, wenn niemand im Haus war ...* dachte sie.
Die hatte Stella bei der letzten Flucht nur von außen zugeschoben. Das war, als Lars mit ihr durch die Gärten flüchtete. Da sich die Tür nur von innen verriegeln lies, wurde sie zugeschoben aber blieb offen. Jeder Einbrecher hätte sich gefreut, es so vorzufinden. Sie lief über die angrenzenden Grundstücke und hoffte, dass sie niemand bemerkte. Der Hund von Familie Degger bellte zwar, als würde sie gerade in deren Haus einbrechen, aber bevor die Familie aufgestanden war, hatte sie schon das eigene Grundstück erreicht.
Sie ging auf die Terrassentür zu und zog sie auf. Stella war erleichtert, als sie sich aufschieben ließ. Jetzt hatte sie ein warmes Plätzchen, da die Heizung nicht abgestellt war und die Fühlereinstellung immer eine konstante Temperatur in dem Haus regelte. Was aber noch viel wichtiger war, sie musste keine Rechnung dafür bezahlen.
Sie ging, ohne das Licht anzuschalten in ihr Zimmer und legte sich ins Bett. Im Halbschlaf bekam sie noch mit, dass es auf der

Straße lebhafter wurde und nach und nach die Nachbarn zur Arbeit fuhren. Das machte sie daran fest, dass immer wieder ein Garagentor aufging und ein Auto wegfuhr. Das hatte sie bisher nie so bewusst wahrgenommen, wie früh manche Menschen ihre Häuser verlassen.
Gegen Nachmittag wurde sie wach und da der Magen sich meldete schaute sie sich um, ob noch Konserven im Haus waren. So wie sie es gewohnt war ein Mahl zuzubereiten, dafür gab es nicht genügend Lebensmittel im Kühlschrank.
Gesund kochen ist genauso out wie Geld zu haben ... dachte sie.
Die Auswahl lag bei einer Hühnersuppe, Spaghetti, Linsensuppe oder Eintopf mit Wurst. Das waren die Konservenbüchsen, die sich noch im Vorratsschrank befanden. Sie entschied sich für die Nudeln und griff nach dem kleinen Stieltopf im unteren Schrank neben dem Spülbecken. Kippte den Inhalt der Büchse hinein und stellte den Herd an. Ein paar Minuten später sah sie schon, wie der rote Brei um die Nudeln herum Blasen schlug.
Stella nahm sich einen Teller und beförderte den Inhalt des Topfes darauf. Beseitigte noch ein wenig die Sauerei, die bei dem Brodeln entstanden war und füllte den Topf mit Wasser, damit der Rest nicht anbackte. Sie würde ihn später mit dem Teller zusammen reinigen. Dies war zumindest das, was sie in solchen Situationen zu tun pflegte. Sie machte es sich auf ihrem Bett gemütlich und schaltete den Fernseher an. Stella hatte vorher das Sonnenrollo am Dachfenster zugezogen, wobei sie sicher sein konnte das Frau Langer mindestens in die Krone ihres Apfelbaumes steigen musste, um sie dort zu entdecken.
Am dritten Tag des Programms Schlafen, Essen, Schlafen, Fernsehen, Schlafen ... war es gegen Morgen, als sie in ihren

Traum hinein Stimmen hörte und wie aus einem Alptraum erwachte. „Nee, jetzt spricht die schon im Schlaf mit mir", und meinte damit, dass sie die Stimme von Frau Pichel gehört hatte.
Stella setzte sich im Bett auf und musste feststellen, dass das gar kein Traum war. Im unteren Bereich des Hauses waren Stimmen zu hören und eine setzte sich gerade durch: „Meine Herren wir fangen hier unten an. Am besten sie beginnen mit den Möbeln im Schlafzimmer und ich räume mit Frau Braun alles aus den Schränken in die Kartons."
Das ist eindeutig die Pichel und im Schlepptau Frau Braun. Na Bravo, das hat mir gerade noch gefehlt. Was machen die hier? … dachte Stella, während sie aus dem Bett sprang und sich anzog. Sie überlegte und es war ihr klar, dass sie sich irgendwohin verkrümeln musste. Sie wollte der Pichel auf keinen Fall in die Arme laufen. Plötzlich schoss es ihr durch den Kopf und es lief ihr ein eiskalter Schauer über den Rücken: *Die räumt das Haus leer!*
Sie ging zu dem Dachfenster und sah durch einen winzigen Spalt, der entstand, als sie das Sonnenrollo etwas anhob, dass auf der Straße LKWs vorfuhren. Riesige Container, Umzugsfahrzeuge und eine Menge Menschen. Stella wurde regelrecht schlecht bei dem Gedanken, dass sie hier wie ein Einbrecher in ihrem Elternhaus gefangen war. Sie suchte gedanklich nach einer Lösung: *Wenn ich da jetzt runter gehe, dann wollen alle wieder das Beste für mich. Das will ich nicht! Aber wohin?*
Sie schaute sich um und nahm wieder die Tasche und einen Rucksack, der im unteren Teil des Schranks stand. Sie packte in Windeseile noch ein paar Klamotten ein, die etwas wärmer

waren als die Letzten. Stella erinnerte sich, wie sie fror, als sie nachts draußen an der Brücke war. Sie nahm noch zwei dicke Pullover mit und ging mit all den Sachen zur Tür ihres Zimmers. Ganz langsam öffnete sie diese um zu schauen, ob sich schon jemand der fremden Menschen in diese Etage verirrt hatte. Alles war ruhig und so trat sie hinaus in den Flur. Ging zu dessen hinterem Ende und machte die Dachluke vorsichtig auf. Ganz langsam, da sie wusste, dass sie beim Herunterlassen etwas quietschte. Heute war das Geräusch noch lauter zu hören, als bei jedem anderen Mal davor. Sie lauschte immer wieder, ob nicht doch jemand etwas mitbekam und nachschauen würde. Aber alle außer ihr waren mit dem Schleppen der Möbel und dem Packen der Kisten so beschäftigt, dass wohl kaum einer merkte, dass sie noch im Haus umhergeisterte.

Stella ging die kleine Stiegentreppe hinauf und zog hinter sich die Leiter wieder ein. Sie hoffte darauf, dass niemand auf die Idee kam, hier auch noch packen zu wollen. Um ihnen zumindest das Ganze zu erschweren, nahm sie den Stock mit dem Haken daran, um die Luke zu öffnen, mit auf den Dachboden.

Im vorderen Bereich, der auch durch eine kleine Bretterwand unterteilt war, konnte sie durch ein kleines Bullauge auf die Straße schauen. Es verging eine ganze Weile und sie amüsierte sich, als würde sie im Fernsehen einen guten Film schauen bis … sie erschrak: *Was will der denn hier?*

Sie schaute Lars nach, als er ins Haus ging und wieder spürte sie diese Wärme, die sie durchströmte. Aber da war auch noch ein anderes Gefühl, das ihr das Herz schneller schlagen ließ, die Angst, dass gerade er sie hier finden würde.

Hoffentlich entdecken die mich hier nicht, das wäre oberpeinlich.

Bitte, bitte, lieber Gott, mach, dass er mich so nicht sieht, setzte sie gedanklich ein Stoßgebet zum Himmel.
Es verging noch eine Weile, als plötzlich Stimmen näher kamen. Es waren die Stimmen von Carla Pichel und Dr. Lars Linde. Carla hatte ihn wohl gebeten mit nach oben zu gehen, um ein paar Worte allein mit ihm wechseln zu können.
„Dr. Linde haben sie etwas von Stella gehört?", fragte Frau Pichel auch sofort, als die beiden fast unter der Luke standen und Stella jedes ihrer Worte verstand. Ihr klopfte das Herz und sie hatte Angst, man könnte es im Flur unter ihr hören. Noch enger kauerte sie sich hinter die Bretterwand, da sie in Panik war, dass die beiden Gesprächspartner jetzt die Luke öffnen würden.
Sie hörte Lars antworten: „Nein, sie ist wie vom Erdboden verschluckt. Vielleicht hat sie auch die Stadt verlassen. Ich hoffe, dass sie keinen Blödsinn baut und sich besinnt, dass wir noch da sind."
Stella horchte und dachte: *Hey Doc, machst du dir etwa Sorgen um mich?*
Sie hörte Frau Pichel: „Dr. Linde, noch mehr als bisher, das muss aufhören. Ich kann mir das nicht leisten, sie jedes Mal vor größerem Schaden zu bewahren. Mein ganzes Erspartes ist schon dabei drauf gegangen. Was hat das Mädel denn vor?"
Lars sah sie mit großen Augen an: „Was hat sie denn gemacht?", wollte er von Carla wissen.
„Sie hat sich tagelang in einem Hotel eingemietet und dann die Rechnung geprellt."
Stella horchte auf: *Wieso weiß die Pichel das denn schon wieder?*
„Frau Pichel sagen sie, dass das nicht wahr ist und sie haben das bezahlt? Warum tun sie das?"
„Ich möchte sie beschützen, und wenn sie irgendwann aus

dieser Starre erwacht, soll sie nicht durch Fehler, die sie in einem unbedachten Moment gemacht hat, den Boden unter den Füßen verlieren. Das bin ich ihr und ihren Eltern schuldig."
Stella lauschte den Worten von Carla und dachte in diesem Moment: *Jetzt dreht die wohl völlig ab. Die ist mir gar nichts schuldig, die soll mich einfach nur in Ruhe lassen. Das Angestellte sich auch noch zur Selbstüberschätzung verleiten lassen.* Stella hätte fast gelacht und konnte sich im letzten Moment noch bremsen.
„Frau Pichel, aber doch nicht so! Sie können doch nicht alles übernehmen, das muss sie selbst ausbaden. Sie muss lernen, dass das was sie gerade anstellt, entfernt von jedweder Normalität ist."
Stella holte Luft: *Booh Doc, sag mal geht's noch. Ich dachte, du stehst auf meiner Seite.*
Lars sprach weiter: „Sagen sie jetzt nicht, dass sie diesen Umzug auch bezahlen."
Es kam keine Antwort mehr, da Carla nur die Augen zukniff und die Lippen dabei übereinander presste.
„Frau Pichel lassen sie uns runter gehen, dass wir fertig werden." Bei diesem Satz von Lars entfernten sich auch die Stimmen wieder.
Stella hockte auf ihrem Dachboden und ärgerte sich maßlos über Lars: *So ein Mistkerl, dabei dachte ich, er mag mich.*
Es vergingen noch Stunden, bis die Packer die Transporter beladen hatten und davon fuhren. Stella hatte die Position, in der sie saß schon dutzendmal gewechselt, da es sehr unbequem in dieser Enge war. Dazu kam die Anspannung, dass sie nicht entdeckt werden wollte und sich deshalb nicht zu sehr rühren durfte.

Am Abend, als sie nichts mehr hörte, machte Stella ganz langsam die Luke einen Spalt auf und sah, dass das Licht überall gelöscht war. Das war für sie das Zeichen, dass alle das Haus verlassen hatten. Sie sah sich um und ihr Zimmer war noch komplett. Hier hatte noch niemand gewütet, wie es schien. Die Möbel aus dem Schlafzimmer und dem Wohnzimmer waren alle ausgeräumt. Kisten standen noch gepackt in den Ecken. Da wurde Stella klar, hier konnte sie nicht bleiben, da morgen früh alle wiederkommen würden. Noch so einen Tag würde sie nicht durchstehen.

Stella blickte sich noch einmal in den Räumen um und als sie am Bad vorbei kam, machte sie das, was ihr seit Stunden fast den Verstand geraubt hatte. Da sie sich nicht traute, ihr Versteck zu verlassen, hatte sie jetzt ein mehr als dringendes Bedürfnis, es war höchste Eisenbahn, sonst würde sie platzen. Zurück im Wohnzimmer zog sie ihren Mantel an und griff an der Garderobe auch ihren dicken Wintermantel. Sie verließ das Haus auf dem Weg, auf dem sie gekommen war, durch die Terrassentür, bepackt mit Tasche und dem Rucksack auf dem Rücken.

Sie hatte keinen Plan, wo sie jetzt hin sollte. Mehr als die 17,34 Euro besaß sie immer noch nicht. Sie lief, einfach immer dahin, wohin sie die Füße trugen …

Stella kam an vielen Geschäften mit ihren Auslagen vorbei, aber irgendwie war sie nicht in der Stimmung zu träumen. Sie sah in einem Geschäft für Badartikel einen Spiegel und schaute hinein. Sie sah sich an und sprach laut: "Man Stella, was ist aus dir nur geworden. Du brauchst ein Ziel!"

Stella schaute sich um und wusste noch nicht einmal, welcher Gasse sie folgen sollte. Es wurde dunkel und sie lief weiter planlos in der Gegend umher. Sie hatte seit gestern Morgen nicht mehr geschlafen und war, nachdem sie ihr Elternhaus verlassen hatte, an einem Stück gelaufen. Kreuz und quer durch die Stadt, durch Parks und jetzt erst merkte sie, dass sie wieder eine ganz bestimmte Richtung angesteuert hatte. Ganz aus dem Unterbewusstsein heraus, war sie an ihrer Brücke gelandet.

Irgendwie scheint es zu meiner neuen Heimat zu werden, dachte sie, *ein Ort, an dem ich mich geborgen fühle. Aber da ist kein Dach über dem Kopf. Da habe ich nichts zu essen. Hier kann ich doch nicht bleiben. Wieso hier?*

Ihr Unterbewusstsein hätte ihr diese Frage beantwortet, aber sie selbst schien es noch nicht zu wissen. Stella blieb eine Weile auf der Brücke stehen. Sie setzte sich nicht, da die Steine immer noch zu kalt waren, um sich auf der Brüstung auszuruhen. Sie lauschte dem Bach und fühlte sich getragen von einer inneren Ruhe. Sie merkte aber auch, dass die Füße brannten und die Müdigkeit sie überfiel. Stella nahm ihre Taschen und ihr fiel ein Ort ein, in der sie sich zumindest für eine Weile ausruhen konnte. Sie lief wieder durch den Park zurück in die Stadt. Fast in der Mitte der Stadt war der große Bahnhof mit der Bahnhofshalle. Es war zwar kein geschlossenes Bauwerk, aber dort konnte sie sich auf einer Bank bestimmt ein bisschen Erholung gönnen. Es zog nicht und durch den Betrieb und die Loks war es auch nicht so kalt wie in der Natur in der Dunkelheit der Nacht.

Stella war selten in einer Bahnhofshalle gewesen. So wirklich daran erinnern konnte sie sich nur, dass sie einmal Freunde die mit dem Zug in Urlaub fuhren, dorthin begleitete und überlegte: *Ich bin noch nie mit dem Zug gefahren. Wenn ich in*

diesem Leben noch einmal mehr als 17 Euro haben sollte und es mir leisten kann, dann werde ich das auf jeden Fall einmal nachholen.
Sie setzte sich auf eine Bank im Bereich der Schalter und beobachtete die Menschen. Sie sah, dass alle Menschen Fremde waren. Stella hatte auch keine Angst erkannt zu werden. Ihr Magen meldete sich mit einem knurren und ihr wurde bewusst, dass sie etwas essen musste.
Wenn ich mir jetzt etwas leiste, dann habe ich noch weniger Geld, aber etwas im Magen. Macht schon Sinn ... besser als die Knete aufheben und verhungern.
Der Bahnhofsimbiss hatte geöffnet. Es war 4:47 Uhr und es schien sich für den Betreiber zu lohnen, um diese Zeit den Laden schon offen zu halten. *Wer isst denn um die Uhrzeit schon Pommes? ...* dachte sie. Aber das sollte ihr ja egal sein, sie holte sich eine Portion und nahm eine Bratwurst dazu. Für den Durst nahm sie eine Fanta mit. Stella schaute auf das Geld in ihrer Hand und dachte: *Das wird noch eine Mahlzeit, dann ist alles weg.*
8 Euro waren dafür drauf gegangen und so belief sich ihr Rest auf 9,34 Euro.
Sie nahm ihre Portion Pommes, Wurst und Getränk mit auf eine Bank etwas abseits vom Fahrbetrieb. Eine Säule versperrte die Sicht und nur die direkt vorbeigehenden Personen konnten sie jetzt noch sehen.
Sie aß schnell, da sie richtig Hunger hatte und so dauerte es nicht lange, da war nichts mehr in den Pappschachteln. Diese entsorgte Stella in den Abfallbehälter, der ein wenig seitlich von ihr stand. Sie schlürfte noch ihre Fanta und saß wieder auf der Bank, wobei sie die Müdigkeit übermannte und nach

kurzer Zeit war sie mitten im Betrieb des Bahnhofs im Sitzen eingeschlafen.

Als sie erwachte, merkte sie, dass sich eine Decke über ihrem Körper befand und der Kopf auf Beinen lag, die ein wenig streng rochen. Sie sah die Leute, die mit einem Blick in ihre Richtung an der Bank vorübergingen. Zwei von diesen Menschen, die wohl von irgendwo her kamen oder an einen anderen Ort mit dem Zug reisen wollten, bückten sich und warfen eine Münze in den Hut, der mit der Öffnung nach oben vor der Bank lag. Stella dachte im ersten Moment immer noch, dass sie träumen würde, aber sie war sich sicher, dass sie wach war. Sie richtete den Oberkörper auf und nahm die Decke beiseite. Jetzt lenkte sie den Blick in Richtung des Menschen, der neben ihr das Kopfkissen gespielt hatte. Ein grauhaariger Mann mit einem rundlichen Gesicht. Die Haare waren eher zottelig, wie bei einem Havaneser Hund. Die spitz wirkende Nase stach aus dem Gesicht heraus.
Was issn das für ne Type?... dachte Stella und sagte: „Tschuldigung, bin wohl eingepennt." Dabei richtete sich der Blick auf ihre Tasche und den Rucksack, die noch auf der Bank standen.
„Ich habe ihnen nichts weggenommen, ich habe auf ihre Sachen aufgepasst, dass man sie ihnen nicht klaut", sagte der Mann in der braunen Cordhose und einer sonderbar orangefarbenen Fellweste neben ihr.
„Schon gut, ich bin ihnen ja dankbar", gab Stella als weitere Entschuldigung zurück.
Stella sah den Hut vor der Bank stehen und dachte sich: *Ob ich so auch ende?*
Sie drehte sich zu dem Herrn neben sich und fragte: „Lohnt

sich das für sie, wenn sie den Hut hinstellen?"
„Wieso fragst du?"
„Interessiert mich halt, bringt das was?"
„Naja, es reicht meist, um einmal am Tag etwas aus dem Kiosk zu kaufen."
„Sie meinen Schnaps zu besorgen?"
„Typisch, alle meinen, dass jeder auf der Straße säuft. Da muss ich dich bei deinem Weltbild berichtigen, ich bin kein Mensch, der sich das Zeug literweise eintrichtert, um die Welt zu vergessen. Ich lebe so, weil ich frei sein möchte. Weil ich mit der Natur leben möchte."
„Kann man denn so leben?", fragte Stella wiederum, da sie nicht glauben konnte, dass das jemand freiwillig macht.
„Mal gut, mal schlecht", sagte der Mann, nahm seinen Hut auf und steckte die Münzen daraus in seine Hosentasche. Nahm seinen großen Rucksack, worauf er eine Matte geschnürt hatte, ergriff die Decke und steckte sie noch mit hinein. Als er sich erhob, sah Stella, dass er nicht mehr der Jüngste zu sein schien. Er stand vor der Bank, warf den Rucksack auf seinen Rücken und sagte zu Stella: „Sieh zu, dass du nach Hause kommst, es wird kalt heute Nacht."
Stella blickte ihn erschrocken an, blieb aber stumm und nickte nur. Dabei dachte sie, als sich der Mann langsam entfernte: *Ich habe nichts mehr. Ich habe kein zu Hause mehr. Hätte ich eins, wenn ich bei der Pichel geblieben wäre? Wäre doch auch nicht mein zu Hause. Ich habe keins mehr, ich habe nichts mehr.*
Stella nahm ihre Tasche und den Rucksack von der Bank und verließ den Bahnhof. Sie stand vor dem Bahnhofsportal und fragte sich, wohin sie gehen sollte. *Ein zu Hause,* dachte sie. *Wo ist mein zu Hause?*
Sie überlegte, ob sie bei Freunden klingeln sollte. Oder zu Frau

Pichel? Nein, das kam alles nicht in Frage. Sie wollte weder bemitleidet werden, noch sich die Vorhaltungen der Pichel reinziehen. *Ich werde schon etwas finden* ... und mit diesem Gedanken setzte sie sich wieder in Bewegung ins Ungewisse.

Was ihr nie aufgefallen war, wie viele Menschen die Straße als ihr zu Hause ansahen. Da lagen Menschen im Bahnhof und vor dem Bahnhof. Eine Gruppe sah sie vor dem Bankeingang. Auch in der Stadt auf den Bänken saßen Menschen, die nicht aussahen, als hätten sie gerade die Geschäfte geplündert.
Junge und alte Menschen, es gab so viele, die auf der Straße lebten und sie hatte bisher keinen von ihnen wirklich vorher gesehen. Sie saßen dort mit Schildern und hofften auf eine Spende. Andere hatten sich ein Feuer in einem Topf entzündet, um sich zu wärmen und sie hatten Spaß dabei. Sie wirkten nicht verloren. Stella beobachtete das Treiben der Menschen und fragte sich, wie man so leben konnte.
Mitten in ihre Gedanken hinein wurde sie auf einmal von zwei Händen an der Schulter gefasst. Sie erschrak so arg, dass sie einen Schritt zurücksprang und dabei das Gleichgewicht verlor. Die beiden Hände, die sie eben noch so furchtbar in ein Adrenalinchaos stürzen ließen, fingen sie genauso gekonnt auf. Sie schaute hoch und sah in zwei Augen, die ihr so vertraut waren, dass ihre komplette Kälte aus dem Körper entwich und sich ein warmer Schauer breit machte.
Mit groß aufgerissenen erstaunten Augen sagte Stella: „Doc, was machst du denn hier?"
„Ich hatte einen Patienten in der Nähe, aber sollte nicht ich fragen, was du hier machst? Wie siehst du überhaupt aus?" Er sah aus, als wäre er über die Veränderung Stella´s sehr erschrocken, zumindest blieb ihm der Mund halb offen

stehen.

„Nichts, was dich etwas angehen würde", kam es so spontan aus Stella herausgesprudelt, dass sie sich selbst wunderte. Sie wollte eigentlich nicht abweisend wirken, aber sie wollte auch nicht, dass er mitbekam, was gerade in ihr vorging.

„Wo bist du untergekommen? Ich habe mir Sorgen gemacht, Stella", kam es jetzt von Lars.

„Weißte Doc, du bist ja ein netter Kerl, aber ich glaube, dass wir in keiner Verbindung stehen, dass ich dir in irgendeiner weise Rechenschaft abgeben müsste, oder?", kam es von Stella die dabei ihre Augen zu Schlitzen formte, um die Ablehnung eines Betreuungsangebots klar zu machen.

Lars wollte sie nicht gehen lassen, ohne zu wissen, wie er sie erreichen konnte. Daher sagte er: „Stella, ich möchte dir doch nur helfen."

„Wobei Doc? Lass mich einfach in Ruhe!"

Stella nutzte den Moment, in dem der verblüffte Dr. Linde über die Frage nachdachte, und war mit ein paar Schritten in der nächsten Gasse verschwunden.

Ihr Gang wurde schneller, da sie befürchtete, dass sich Lars an ihre Fersen heftete, um ihr noch einmal auf den Zahn zu fühlen. Das wollte sie vermeiden. Sie hätte nicht gewusst, wie sie ihm erklären sollte, dass sie wohl ab heute auf der Straße lebte.

In einem Seitengang stellte sie sich hinter ein offenes Tor und wartete ab, ob sie Recht behielt.

Und ja, es dauerte nicht allzu lange, als sie Schritte hörte und durch einen Spalt Lars suchend vorbeigehen sah.

Stella pochte das Herz bis zum Hals. Vielleicht würde sie ihn nie wiedersehen, wenn sie ihn jetzt gehen ließ. Aber ihm gegenüber zuzugeben, was sie sich selbst noch gar nicht eingestanden hatte, das war das Letzte, was sie wollte.

Sie lief und wieder war es der Park, den sie ansteuerte. Sie sah die Brücke und es war dieses Heimatgefühl, das stark in ihr brannte. Sie stellte sich Lars darauf vor und die Sehnsucht von ihm gehalten zu werden, versetzte ihr einen Stich direkt in ihr Herz. Sie ärgerte sich über sich selbst. Warum konnte sie nicht ehrlich sein? Warum hatte sie alle Menschen, die es gut mit ihr meinten, so vor den Kopf gestoßen?
Es dämmerte bereits und sie hatte den Tag fast komplett am Bahnhof verschlafen. Ihr Magen knurrte, aber in der Nähe war nichts, was sie als essbar einstufte. Sie war an einem Kiosk vorbei gekommen, daher drehte sie sich um und ging in diese Richtung zurück.
„Was möchten sie?", fragte die Dame durch die Luke an dem Kiosk, als sie ihn erreicht hatte. Stella sah so einiges, was sie jetzt gern mitgenommen hätte, und das Gefühl des Hungers stieg mit dem Blick auf das reichhaltige Sortiment noch weiter an. „Ein Brötchen mit Mortadella und eine Packung Bahlsen, dazu zwei Flaschen Wasser hätte ich gern", kam es von Stella und die Verkäuferin packte alles zusammen in eine Tüte.
„Dann bekomme ich 4,30 Euro von ihnen."
Stella legte 5 Euro auf den Tresen und wartete noch auf das Wechselgeld. Sie nahm die Tüte und sah das Restgeld in der Hand, das sie im selben Moment zusammenzählte. Ganze 5,04 Euro war der Rest. Sie steckte es in ihre Jeanstasche und nahm die Tüte, als die Frau im Kiosk noch ein paar Worte zu der nächsten Kundschaft sagte: „Die Frau sieht aus, wie die Architektentochter von dem Unfall vor einiger Zeit."
Wieder war es Stella, die erschrak, weil sie nicht daran gedacht hatte, dass man sie noch erkennen könnte. Sie hatte

doch alles an sich verändert. Da fiel ihr erneut der Doc ein, der sie auch erkannte, aber auch erstaunt über ihre Veränderung war.

Auf dem Weg zur Brücke stand ein kleiner Pavillon, den sie nach einigen Minuten erreichte. Sie stellte ihre Tasche und den Rucksack auf den Boden, setzte sich und griff in die Tüte nach dem Brötchen.

Sie aß ihr Brötchen und starrte dabei in den Park. Die Vögel zwitscherten der Nacht entgegen, da sich die Sonne schon aus dem Tag verabschiedet hatte. Dabei ging ihr so einiges durch den Kopf: *Wie weit kann ich noch sinken? Wo habe ich die Abzweigung verpasst? Es kann doch nicht sein, dass ihr alles mitgenommen habt, was mich existieren lässt. Wieso habe gerade ich Eltern, die keine Verwandten haben?*

Sie war wütend, alles in ihr verkrampfte sich und sie fühlte sich, als würde ihr Brustkorb zu Stein werden. Sie lief umher, um sich Luft zu verschaffen. Dabei nahm sie den Rucksack von der Bank und warf ihn mit ihrer ganzen Kraft in hohem Bogen durch die Luft und schrie dabei ihre ganze Wut in den Park. Die ganze Verzweiflung, die sich angestaut hatte, lag in diesem Schrei. Sie wedelte wie wild mit den Armen um sich herum und schrie weiter: „Was ist das für eine beschissene Welt!"

Spaziergänger, die noch einen Abendspaziergang tätigten, sahen in ihre Richtung und schüttelten nur den Kopf. Ob sie auch gerade den Eindruck einer besoffenen Pennerin vermittelte? Sie lachte und schrie zu ihnen rüber: „Wollt ihr was vom Stoff abhaben?"

Resigniert nahm sie ihre Tasche, trank vorher noch einen Schluck Wasser und bewegte sich in Richtung des Flecks, wo ihr Rucksack aufgeschlagen war. Hob ihn auf und schnürte ihn auf den Rücken.

Sie blickte sich um ...
"Komm Stella einfach der Nase nach, wohin die Füße dich tragen", sagte sie laut vor sich hin.
Sie lief kreuz und quer durch den Park. Die Dunkelheit fing sie ein und die Müdigkeit war kaum noch zu unterdrücken. "Wohin jetzt Stella?", kam es laut von ihr. Wieder stand sie vor dem Pavillon, und nachdem sie im Kreis gelaufen war, nahm sie diesmal die Einladung eines Daches über dem Kopf an. Was für ein beschissenes Leben und das machen die freiwillig? Die wollen mich doch alle verkohlen, war das Ergebnis der letzten Stunden, was für sie gedanklich herauskam.
Sie zog einen dicken Pullover aus dem Rucksack, zog die Jacke aus und stülpte ihn zusätzlich über den Kopf. Den Mantel, den sie mitgenommen hatte nahm sie als Decke und die Tasche als Kissen unter ihren Kopf. So sollte es gehen, dachte sie und kauerte sich fast zusammengefaltet auf die Bank in dem Pavillon. Es dauerte aber lange, bis sie zum Schlaf fand, weil sie fror. Es war eine kalte Nacht und sie dachte noch: "Wenn ich das überstehe, dann brauche ich eine Perspektive!"
Sie bekam überhaupt nicht mit, dass ihr Rucksack über Nacht das Weite suchte. Es gab noch mehr Menschen, die sich so eine Einladung eines einsam rumstehenden Rucksacks nicht entgehen lassen wollten.

Gegen Morgen wurde sie unsanft an den Schultern geschüttelt: "Mädel, ja bist du denn verrückt, du holst dir hier den Tod."
Sie drehte sich um und sah vor der Bank auf eine zerfledderte alte orangefarbene Felljacke. Stella hob den Blick und ja, sie hatte die Stimme sofort erkannt. Es war der gute Mann vom Bahnhof, der ihr weismachen wollte, dass man das freiwillig

veranstaltet.

„Wieso, sie machen das doch auch und dazu noch freiwillig, zumindest haben sie mir das auf die Nase gebunden", kam es jetzt wieder trotzig von Stella. „Verfolgen sie mich?"

„Nein, aber vielleicht hätte ich dich besser beraten sollen. Du wirkst ziemlich verloren", gab er seine Meinung weiter.

„Da könntest du sogar verdammt Recht haben, dass ich verloren bin. Weil alle nur kluge Sprüche haben, aber so wirklich auch keinen Rat wissen, was man mit einer anfängt, die absolut pleite ist. Ich bin nämlich weiß Gott nicht freiwillig hier!"

„Nimm deinen Kram und komm mit", sagte der Mann und Stella packte ihren Mantel und die Tasche. Jetzt schaute sie sich um und schrie empört: „Verdammt, wo ist mein Rucksack?"

„Ja glaubst du denn, den hättest du noch, wenn ich im Bahnhof nicht drauf aufgepasst hätte? Das lernst du als Erstes. Pass immer gut auf deine Sachen auf, sonst sind sie weg!"

Stella stampfte mit dem Fuß auf den Boden und fauchte regelrecht vor Wut: „Kannst du vielleicht mal auf mich warten?"

„Na komm schon, fluchen bringt dich auch nicht weiter."

Es war gar nicht so kalt, oder war es der schnelle Schritt, der ihren Kreislauf in Wallung brachte. Sie blieb stehen, zog die Jacke und Mantel aus, den sie in der Eile auch noch übergezogen hatte. Sie sah zwischendurch, wie sich der Mann entfernte und sich nicht dafür zu interessieren schien, was sie tat. Jetzt zog sie den zweiten Pullover über den Kopf mit den Worten: „Na, dann geh doch, wieder einer weniger, der meint alles besser zu wissen." Sie nahm ihre Tasche, band den Pullover daran und befestigte den Mantel, mit der an der

Tasche befindlichen Schnalle. Etwas unvorteilhaft, aber das sollte gehen. Schmiss die Tasche über die Schulter und blickte sich um. Sie dachte kurz darüber nach hinter ihm her zu spurten, aber wollte sie das überhaupt?

Nee, ich glaub, ich verlass mich lieber auf mich selber. So eine Büchse werde ich ja noch finden, um sie auf die Erde zu stellen. Kann ja nicht so schwer sein. Aber zu offensichtlich darf ich mich nicht hinsetzen, da könnte mich jemand sehen den ich kenne. Das geht gar nicht!

Da Stella es nicht mehr eilig hatte, schlenderte sie die Straßen entlang. Heute schien Sperrmüll zu sein, da auf den Straßen auch vereinzelt Stühle, Tische, Schränke und unzähliger anderer Müll stand. Sie sah auch eine Puppe und dachte an ihre Mimmi, die sie als Kind immer dabei hatte. Die jetzt wohl auch auf irgendeinem Müllberg lag, da das Haus ja geleert wurde. Eine Erinnerung an ihre Kindheit und es ärgerte sie, dass sie nicht daran gedacht hatte, sie mitzunehmen. Wehmut kam auf, dass alles was ihr einmal wichtig war, was in ihr die Geborgenheit ausmachte, nicht mehr da war. Je mehr sie die Müllberge betrachtete, je mehr kamen auch Stücke ihrer Kindheit zu Tage und es war das erste Mal seit jenem schrecklichen Tag, dass sie ein tiefes Gefühl von Traurigkeit empfand. Traurigkeit, dass alles, was sie erlebt hatte, mit einem Schlag zerstört worden war.

Son Ding hatte ich auch mal ... und lachte bei dem Gedanken. Sie steuerte auf das Teil zu und zog zwischen dem Sessel und einem Bügelbrett eine Gitarre heraus. Die Saiten hingen herum, als wäre das Teil gerade der Steckdose entkommen. „Na komm, dich polier ich wieder auf und ein paar Saiten wird es doch irgendwo geben." Sie freute sich sogar, wie in

Kindertagen, mit der Gitarre zu spielen.
Stella war weiter gegangen und in Gedanken wieder bei ihrer Perspektive, die in Angriff zu nehmen, sie sich ja am gestrigen Abend vorgenommen hatte.
Wenn ich mir ein Baumhaus baue, kann ich mir hier die Möbel abholen ... und bei dem Gedanken musste sie lachen.
„Stella, Stella, Stella", mahnte sie sich selbst, da sie abdriftete und nicht wirklich eine Richtung hatte, die sie jetzt einschlagen könnte.

Als sie die Innenstadt erreichte, knurrte ihr Magen schon bei dem ersten Bäckerladen mit seinen frischen Auslagen. Sie malte sich ein Frühstück aus. Eine schöne Tasse Tee, mit frischen Croissants und der Himbeermarmelade aus dem kleinen Biokostladen in ihrer Straße.
Na, das kannste dir wohl abschminken, sei froh, wenn du eine Semmel hast ... kam es aus ihrem Innersten, aber die Semmel gönnte sie sich jetzt.
Als sie den Laden betrat, blickte sich eine Kundin nach ihr um. Stella schaute verstohlen auf den Boden und murmelte ein: „Guten Morgen." Dabei hatte sie doch nie etwas verbrochen, was ihr das Gefühl gab, nicht direkt in die Gesichter zu schauen. Die Frau hinter der Theke erwiderte den Gruß und fragte: „Was darf es sein?"
Stella griff in ihre Hosentasche und holte einen Euro heraus. Den legte sie auf die Thekenschale und sagte: "Ein frisches Brötchen bitte." Die Verkäuferin griff nach einem Brötchen aus dem Korb, der hinter ihr stand und meinte mit einem Grinsen in Richtung der anderen Kundin: „Na, frisch sind die bei uns immer."

Stella bleib ruhig ... mahnte sie sich selbst, da sie merkte wie es in ihr brodelte, bei der kleinen stichelnden Bemerkung, bei der sie selbst die Vorlage geliefert hatte.
„Sonst noch einen Wunsch?"
„Nö"
Die Verkäuferin bediente die Kasse, und gab Stella die Tüte, in die sie das Brötchen gepackt hatte samt Wechselgeld über die Theke.
Die Tür fiel hinter ihr automatisch ins Schloss, als sie auf der Straße stand. Stella schaute an sich selbst herunter und dachte: *Naja, frisch siehst du ja auch nicht mehr aus. Schon klar, dass der Service da auch nicht mehr der Beste ist.*
Sie erinnerte sich an keine Situation, in der sie so herablassend bedient worden war. Immer waren alle darauf bedacht, sie als Kundin zu bedienen, die mit Freude ging und das Bedürfnis hatte, wieder dort einkaufen zu wollen. Sie hatte aber auch noch nie eine einzige Semmel gekauft.

Die Straßen waren noch leer und der Brunnen, auf den sie sich jetzt zubewegte, war frei von Menschen. Meist sah man dort Schulkinder oder Teenager in Gruppen herumstehen und Touristen die Fotos schossen. Aber heute Morgen war dort niemand und der Platz wirkte so verlassen wie sie selbst. Sie sah die Figur an, die aus verschiedenen Drachenköpfen bestand und aus den einzelnen Köpfen rann das Wasser heraus. „Du bist zumindest nicht allein, du hast immer deine Gefährten bei dir", sagte sie in Richtung des Brunnens. Stella stellte die Gitarre an den Brunnen und dachte: *Na die nimmt bestimmt keiner mit ...* hockte sich bei dem Gedanken auf die Umrandung und zog dann das Brötchen aus der Tüte.

Die Stille, in der sie ihr Brötchen mümmelte, hielt aber nicht lange an, da man rund um sie herum die Marktstände aufstellte. Jeden Mittwoch kamen die Bauern und andere Geschäftsleute aus allen Gemeinden, um hier ihre Produkte anzubieten. Links und rechts neben sie, an den Fuß des Brunnens setzte sich je ein Mann. Der eine hatte einen Hund dabei und auf dem Schild, das er vor sich hinstellte, stand: **Bitte eine Gabe für meinen Hund.**

Stella dachte nur: *Nicht besonders kreativ.* Aber die Menschen, die zum Markt gingen, warfen die eine oder andere Münze in seine Schale.

Der andere zog sich eine Sonnenbrille an und Stella dachte sich: *Bei den Wolken wird wohl heute die Brille überflüssig sein!*

Er kramte noch einmal in seiner Tasche und zog eine Blindenbinde heraus, die er anzog. Dann stellte er sein Schlüsselchen hin, und damit es noch echter aussah, holte er auch noch einen Blindenstock aus seiner Tasche und legte ihn daneben.

Stella stutzte: *Kann der jetzt echt nix sehen oder tut er bloß so ...* sie war irritiert.

Der Mann drehte den Kopf hoch und sprach sie an: „Was glotzte denn so?"

„Boooh, das sie sich nicht schämen!", kam es entrüstet von Stella.

„Komm zieh Leine Kleene, das ist unser Platz."

„Wer sagt das denn?"

„Ich kann dir nur raten das zu respektieren, falls du in dieser Stadt noch einen Fuß auf den Boden kriegen willst."

„Du solltest besser tun was er sagt, das sind Stammplätze. Die muss man sich verdienen", kam es jetzt von der anderen Seite,

von dem Mann mit dem Hund.
„Wer sagt denn, dass ich mich hier neben euch setzen will?"
Der Eine lachte und der Blinde sagte: „Dann schau dich doch mal an!"
Stella blickte an sich herunter und ja, sie erweckte schon den Eindruck der Verwahrlosung. Das ging schneller als man dachte.
Bevor sie aber den Ratschlag des Mannes mit dem Hund befolgte, nahm sie noch einen tiefen Schluck aus dem Brunnen, da dort ein Schild stand: **TRINKWASSER**.
Sie sah die beiden an und fragte mehr allgemein: "Machen sie das auch freiwillig?" Aber eine Antwort bekam sie nicht, sie waren so mit ihren Bemühungen beschäftigt, ein gutes Bild abzugeben, dass sie Stella ignorierten. Stella nahm daher ihre Tasche, die sie seit dem Verlust des Rucksacks immer nah bei sich trug, wieder über die Schulter, griff nach der Gitarre und schlenderte über den Markt.

Sie war ewig nicht mehr auf einem Markt gewesen. Dabei bekam man dort die besten Zutaten für ein gesundes Mahl. Alles frisch aus den heimischen Gärten oder Feldern. Und sie hörte den FISCH-Willi, den kannte sie noch aus Zeiten, wenn sie mit ihren Eltern als Kind hier herumgeschlendert war.
„Fische, komm her du, ja du. Komm Mudder hier kostet jede Tüte nur 10 Euro! Wie? Zu teuer … Kloar, wenn du angeln gehst, sind die billiger."
„Kommt mal ran hier", schrie der WURST-Paule … Alles ganz frisch … Komm hier probiert mal … ", und schon flog eine Wurst in hohem Bogen zu Stella und sie fing sie auf. Sie hörte noch, wie er weiter seine Wurst anpries und nebenbei richtig laut in sein Megaphon schrie …: "Kommt, heute jede Tüte für

10 Euro ... Mutti, komm hier noch ein Stück Extra für deinen Lüdden ..."
Am Obststand bekam sie einen Probeapfel, an dem Bäckerstand eine Brezel und beim FISCH-Willi noch ein großes Stück geräucherten Aal. Stella schaute sich um, ob es nicht noch einen Saft-Onkel gab, dann wäre ihre Mahlzeit perfekt.

„Stella, warte!", und sie erschrak und drehte sich zu der Stimme um, die sie sehr genau kannte. Weglaufen war nicht mehr, da musste sie jetzt irgendwie durch.
„Mensch Mädel, ich habe mir Sorgen gemacht. Wie schaust du denn überhaupt aus?", sagte Frau Pichel als Stella sich zu ihr umdrehte.
„Mir geht's gut", gab sie zur Antwort und ihr Blick zeigte, wie genervt sie war, immer wieder auf dieselben Menschen zu treffen, die nur ihr Bestes wollten. *Irgendwie ist diese Stadt ein Dorf!* ...
„Frau Scheffel hat nach dir gefragt, du warst nicht mehr zu den Prüfungen."
„Brauch ich nicht, lohnt doch nicht."
„Stella, bitte komm mit nach Hause und wir schauen gemeinsam, wie es weiter geht."
Nach Hause, klang es in Stella nach. Aber war das vergleichbar zu dem was sie als zu Hause kannte?
„Ihr rafft es einfach nicht, oder? Lasst mich doch einfach in Ruhe!" mit dem Satz ließ sie eine total irritierte Carla Pichel auf dem Marktplatz stehen und ging schnellen Schrittes quer durch die Stände, bis sie genügend Abstand hatte. Sie flüchtete genau wie vor Lars, aber warum eigentlich?
Stella hatte ein bisschen das Gefühl, dass sie gerade richtig Scheiße gebaut hatte. Aber sie wollte in dieses »Normale«

Leben nicht zurück; alles nach Plan, bis einen das Schicksal trifft und danach sind alle schönen Pläne zerstört.

Sie schaute sich die Gitarre an, die sie die ganze Zeit mit ihren kaputten Saiten herumtrug. „Dir helfe ich jetzt erst einmal auf die Beine, dann hätten wir doch schon einmal eine Perspektive", sagte sie laut und sah sich um. Auf dem Markt gab es ja so ziemlich alles, vielleicht ja auch einen Musikhändler …
Immer darauf bedacht, nicht noch einmal der Pichel vor die Füße zu laufen, ging sie von Stand zu Stand und siehe da, da war das Gesuchte. Hier gab es Zubehörteile für alle möglichen Instrumente. Das war das reinste Ersatzteillager.
„Haben sie auch Gitarrensaiten?", fragte sie den Mann, der hinter dem Stand auf einer Mundharmonika auf sich aufmerksam machte.
Er nahm das Instrument aus dem Gesicht und sagte: „Klar, was denn für welche? Nylon oder Stahl."
„Ein paar ganz einfache aus Stahl", dabei hob sie die Gitarre an, „ich habe hier einen Patienten und der möchte wieder mitspielen."
„Naja, das ist wohl eher …"
„Nicht aussprechen, das könnte dieses wunderbare Instrument zerstören!"
Der Verkäufer lachte: „Na dann wollen wir es mal wieder reanimieren", und gab die Saiten über den Tisch. „Kosten 3,50 Euro"
Stella erschrak und fasste in ihre Tasche. Das war so ziemlich das letzte Geld, was sie noch bei sich trug.
Jetzt blieben ihr nur noch 1,27 Euro und die würden wohl gerade so für ein Getränk drauf gehen. Sie steckte den Rest

wieder in ihre Hosentasche, nahm die Saiten und ihre gute Gitarre, um sich weiter umzusehen. An der nächsten Wurstbude stand auf dem Schild:
Pommes … Wurst … und zum Schluss: Dose Cola … 1 Euro
„Eine Dose Cola bitte", sagte sie vor dem Wagen und legte den Euro in kleinen Münzen auf die Glasscheibe. Der Betreiber der Wurstbude reichte ihr die Dose und überschlug kurz das Geld, bevor er es in die Kasse einsortierte.
Stella wendete sich von der Bude ab, mit dem Gedanken, eigentlich für heute alles erledigt zu haben und ging in die Richtung, aus der sie heute Morgen gekommen war. Sie griff noch einmal in ihre Hosentasche und zählte den Rest. Es waren noch 27 Cent. „Das reicht", kam es von ihr und sie steuerte direkt auf den Bäckerladen zu. Ging hinein und war auch gleich dran, da sich keine weitere Kundschaft im Laden befand.
„Sind die Brötchen immer noch frisch, dann nehme ich noch eins." Dabei grinste sie über das ganze Gesicht und sah, wie die Verkäuferin die Stirn kraus zog. Diese sagte nichts weiter, gab Stella das Brötchen und so schnell, wie sie in dem Laden war, war sie auch wieder draußen. *Das war eine richtige Wohltat, musste sein! …*
Und jetzt wollte sie dahin, wo sie sich am liebsten aufhielt.

Sie machte es sich in dem Pavillon bequem, so gut es ging, mit dem Blick auf die Brücke und hing ihren Gedanken nach. Nebenbei aß sie ihre Wurst und stellte fest, dass der Paule eine richtig gute im Angebot hatte. Auch der Aal hatte eine gute Qualität, aber das war nicht ganz ihr Geschmack. Dazu gab es Brezel und Brötchen als Beilage. Der Apfel schmeckte ein bisschen säuerlich, aber das macht ja bekanntlich lustig

und gesund war er auch. Ein paar Vitamine waren nicht verkehrt bei dem, was ihr Körper gerade aushalten musste. Sie schlürfte ihre Cola und war rundum satt, was wollte man mehr.
„Dann mal zu unserem Patienten", und griff dabei zur Gitarre. Nahm die alten Saiten ab, wobei sie sehr aufpassen musste, dass sie sich nicht verletzte, so wie sie gerissen waren. Aber sie kannte sich mit den Teilen aus, denn in ihrer Kindheit hatte sie lange Zeit, jede Woche Unterricht von einem Musiklehrer. Der hielt sie für überaus begabt, aber irgendwann wurde das Instrument dann unwichtig und es gab andere Interessen. Stella brauchte auch eine ganze Weile, bis die Saiten befestigt waren und erste Töne beim Anspielen erklangen. Sie waren noch ein wenig schief, aber auch da war Stella nicht ungeübt und nach kurzer Zeit, hatte die alte Gitarre einen richtig schönen Klang.
Sie schlug ein Bein über das andere, nahm die Gitarre und stimmte ein paar Töne an. Es dauerte ein bisschen, bis sie einigermaßen wieder den Rhythmus und das Gefühl für das Instrument fand. Aber je mehr sie spielte, je deutlicher hörte man, dass es Lieder wurden.
Den Blick hatte sie dabei in Richtung Brücke gerichtet und jetzt fing sie an ein Lied zu spielen und ihr Gesang war glockenklar dazu.

"This the last rose of summer .... "

Ein altes Lied und schon als Jugendliche sang sie dieses Lied sehr gern und hätte wohl nie gedacht, dass es in ihrem Leben mal eine Bedeutung bekommen würde. Stella war in Gedanken mit Lars auf der Brücke und dachte auch zum ersten Mal daran, wie allein sie war. Man hörte und spürte, dass dieses Lied ein ganz tiefes Gefühl in ihrem Inneren zum Klingen brachte.

Spaziergänger, die in dem Park unterwegs waren, blieben stehen und lauschten ihrem Gesang. Ein Pärchen hielt an dem Pavillon inne und sah die Träne, die in Stellas Auge im Sonnenstrahl glitzerte.

Als sie geendet hatte, kam Applaus von den Menschen, die sie ohne es zu wollen erfreut hatte. Ein Mann kam auf sie zu und drückte Stella fünf Euro in die Hand. Sie sah ihn an und sagte: „Dankeschön, aber ...", sie wollte ihm noch sagen, dass sie dafür nichts wollte. Aber im letzten Moment besann sie sich darauf, dass sie genau das machen sollte. Das war doch ihre Perspektive. Sie würde für die Menschen spielen und sie erfreuen und diese würden sie dafür belohnen und ihr das nötige Kleingeld für die Mahlzeiten geben.

Sie war bewegt von dem Augenblick, aber auch von den Menschen, die um sie herum standen. Man hörte ihr zu. An diesem Nachmittag spielte sie alles, was ihr so einfiel von den Kinderliedern bis zu den schönsten Volksweisen und immer wieder blieben Leute stehen und staunten über ihr Können. Stella zog sie in ihren Bann. Eine kleine Schachtel, die sie sich aus einem der Papierkörbe gezogen hatte, stand vor ihr und nach und nach füllte sie sich mit etwas Kleingeld der Leute, die an ihr vorübergingen.

Sie musste aber ihr Spiel an diesem Tag sehr oft unterbrechen, denn die Fingerkuppen zeigten ihr, dass sie lange Zeit keine

Gitarre mehr in der Hand gehalten hatte. Das würde auch in den nächsten Tagen noch eine schmerzhafte Angelegenheit. Aber wer Stella kannte, würde jetzt sagen: „Zähne zusammenbeißen und durch!"

„Irgendwie habe ich mir gedacht, dass ich dich wieder hier finde", klang eine Stimme an ihr Ohr. Eine Stimme, die sie mittlerweile richtig schätzte, da sie immer dann erklang, wenn sie gerade verloren wirkte. Aber diesmal wirkte sie doch ganz und gar nicht verloren, sie hatte sogar eine Perspektive für sich gefunden, oder sah sie das auch wieder falsch …

„Es ist noch zu kalt, um nachts hier draußen zu schlafen, gerade wenn man es nicht gewohnt ist", gab er jetzt zum Besten.

„Und was schlägst du vor?", kam es von Stella, die auf der einen Seite richtig dankbar war, aber auf der anderen Seite wieder jemanden sah, der ihr sagen wollte, was zu tun war.

„Was hast du denn mit deinem Spielen zusammenbekommen?", fragte er direkt.

„Wieso? Willst du jetzt von mir zum Essen eingeladen werden? Dafür wird es aber nicht reichen!", kam es wieder auf ihre zickige Art zurück.

„Nein, das wollte ich nicht. Aber wenn du keinen Rat möchtest, dann gehe ich wieder. Soll mir doch egal sein, wenn du dir eine Lungenentzündung holst."

Stella war einen Moment still. Sie dachte nach: *Irgendwie ist das ein komischer Kauz. Was will er denn? Eigentlich verfolgt der mich doch …* und laut sagte sie: „Wieso tust du das alles, wieso verfolgst du mich?"

Jetzt war es der Mann mit der orangefarbenen Felljacke, der einen Moment in sich gekehrt da stand. Er kam rum in den Pavillon und setzte sich auf die Bank, die an der Innenseite

rund herum befestigt war. „Ich wollte nicht, dass du dich dadurch belästigt fühlst. Aber als ich dich das erste Mal am Bahnhof sah, war mir klar, dass du irgendwo auf deiner Straße ein Stoppschild erreicht hast."
Stella hatte sich bei dem Satz auch auf die Bank gesetzt und hörte ihm zu. Es war etwas in seiner Stimme, das ihr sagte, dass jetzt kein Augenblick war, um irgendeinen albernen Scherz zu machen, oder gar arrogant abzuweisen.
„Ich hatte eine Familie und war ein ziemlich glücklicher Mann, das darfst du mir glauben. Wir waren nicht reich, aber das Glück mit Menschen zu teilen die einen lieben, ist das schönste Geschenk und der größte Reichtum, den man auf Erden bekommen kann. Ich weiß nicht, ob du verstehst, was ich meine."
Stella schaute ihn an und sagte: „Ja, ich habe ihn auch verloren, diesen Reichtum. Irgendwo an der Straße, wo das Stoppschild kam."
„Genau das meinte ich, danach sahst du aus. Ich konnte es erkennen, da ich es selbst erlebt habe. Von einem Tag auf den anderen war meine Tochter verschwunden. Sie ist auf die schiefe Bahn geraten und irgendwann kamen sie und erzählten mir, dass sie ihren Weg auf dieser Welt freiwillig beendet hat. Ich habe es nicht verstanden. Sie hat es mir nicht erklärt. Ich habe so viele Fragen und seit Jahren suche ich die Antworten. Aber die Antworten könnte wohl nur sie mir geben."
„Du vermutest jetzt, dass ich auch von zu Hause abgehauen bin und irgendwann eine solche Dummheit begehen würde?"
„So in etwa", kam es von ihm.
„Nein, bei mir war das ein bisschen anders. Naja, du liest ja keine Zeitung, sonst wüsstest du, wer ich bin."

„Doch, ich weiß wer du bist. Ich kenne deine Geschichte. Aber ich kenne nicht die Richtung die du einschlagen möchtest und das macht mir Sorgen. Du kannst nicht nachts im Park übernachten, dafür sind die Nächte noch zu feucht und kalt."
„Was schlägst du vor, was ich tun soll?"
„Wenn du niemanden hast, wo du ein paar Nächte schlafen kannst, dann könntest du bei einem Freund von mir ein Plätzchen bekommen, aber das kostet 10 Euro die Nacht."
Stella sah in die Schachtel, die sie noch in der Hand hielt, und überschlug den Betrag. „Na, wenn ich noch eine Stunde singe könnt es reichen. Ich habe 8,60 Euro."
Der Mann griff in seine linke Tasche seiner Felljacke und kramte ein Stück Papier heraus. Dann griff er in die Innentasche und hatte fünf Euro als Schein in der Hand, den reichte er Stella und sagte: „Damit sollte es reichen." Gab ihr den Zettel mit den Worten: „Hier ist die Adresse."
Stella schaute ihn an, denn jetzt hatte es ihr irgendwie doch die Sprache verschlagen.
„Du weist aber schon, dass ich nicht deine Tochter bin?"
„Ja, ich möchte einfach ein bisschen gut machen, was ich an anderer Stelle wohl versäumt habe."
„Das ist doch Blödsinn", kam es jetzt energisch von Stella. „Du kannst doch nichts dafür. Oder hast du sie aus dem Haus getrieben? Ihr den Geldhahn zugedreht oder sie in irgendeiner Weise in ihrem Tun eingeschränkt?"
„Nein, sie war das Beste, was wir hatten. Wie ich schon sagte, wir waren glücklich, zumindest war es meine Sicht der Dinge."
„Dann war es ihr Entschluss. Wer weiß, in welche Kreise sie geraten ist, das konntest du doch gar nicht beeinflussen. Setzt du dich deshalb freiwillig auf die Straße? Um dich zu bestrafen?"

„Nein, weil ich das Leben in seiner normalen Form nicht mehr ertragen konnte. Die Routine und der Alltag haben mich kaputtgemacht, da ein Teil dieses Alltags fehlte. Und jetzt lebe ich von einem Tag in den nächsten und reise um die Welt, wobei ich wunderschöne Plätze sehe und viele Menschen kennenlernen darf. Und jeder Einzelne hat eine ganz eigene Geschichte zu erzählen, genau wie du."

„Ich habe keine Geschichte, ich habe das blanke Chaos. Sie sind einfach gegangen und haben mir keine Vergangenheit und keine Zukunft gegeben", schrie sie den Mann neben sich an. „Alle wollen mir immer sagen, was das Beste für mich ist. Keiner fragt, was ich möchte."

„Was möchtest du denn?"

Stella stutzte und diese einfache Frage war genau das, was ihr zeigte, dass sie überhaupt nicht wusste, was sie wollte. Sie konnte die Frage nicht beantworten.

„Manchmal muss man auch die Hilfe annehmen, die man geboten bekommt. Es ist nicht immer alles falsch, wenn dir auch andere einmal sagen, wo der Weg weiter geht. Das musste ich auch lernen, weil ich mich immer auf mich selbst verlassen habe. Aber dann kam der Moment, an dem auch meine eigene Einschätzung durch Schmerz und Hilflosigkeit getrübt war", sagte er ganz leise zu Stella.

Diese saß vor ihm und war über seine Frage noch am Nachdenken. Sie nickte ihm still zu. Sie sah ihm das erste Mal in seine Augen und sie spiegelten einen warmherzigen, ruhigen Blick wieder, dabei spürte sie den Moment, den sie so ersehnte. Ein Gefühl der Geborgenheit. Es war, als würde er sie mit seinem Blick in seinen Armen halten. Vom Alter her könnte er ihr Großvater sein und zum ersten Mal stellte sie sich vor, wie es gewesen wäre, einen Großvater zu haben.

Er löste den Blick, stand auf und sagte: „Komm, ich bringe dich zu meinem Freund."
Stella packte ihren ganzen Kram zusammen und diesmal beeilte sie sich, dass sie mit ihm Schritt halten konnte.
Es war ein altes Gemäuer aus Backsteinen, vor dem sie standen. Eine kleine, schon etwas morsche Tür quietschte, als sie nach einem klingeln von innen geöffnet wurde und ein hagerer alter Mann trat heraus.
„Hey Harry, bringst du mir wieder Kundschaft mit?", lachte er bei seinen Worten.
„Darf ich vorstellen, das ist mein Freund Tony, ein guter Kerl, der sich ein bisschen um einsame Seelen kümmert", er wies auf den Mann, an dem er vorüberging und in den Flur des Hauses eintrat.
„Ich bin Stella", und dabei hielt sie die Hand zum Gruß hin.
Tony ergriff sie und zog sie ins Innere. „Komm ich zeige dir deine Bleibe", und ging voraus.
„Harry, dein Zimmer kennst du ja", und wieder schwang ein freundliches Lächeln mit. Mit Stella ging er fast bis zum Ende des Flurs und betrat einen Raum. „Die Waschgelegenheiten sind am Ende, die letzte Tür auf der rechten Seite." Stella reichte ihm die Gebühr für die Nacht und als Tony den Raum verlassen hatte, schaute sie sich um. Einfach, aber dennoch gemütlich und ein bisschen bunt für ihren Geschmack. Das gehäkelte Deckchen auf dem Tisch und die Karoüberdecke wirkten schon sehr altmodisch. Aber es war ein Luxus in einem Bett zu liegen und sich richtig ausschlafen zu können, ohne Frostbeulen zu bekommen. Stella schaute nach der Badegelegenheit und was sie da sah, das verschlug ihr nicht nur den Atem, es bewirkte, dass sich die Augen vor Grauen

halb vor den Kopf stellten. Sie wendete ihren Körper einmal in die entgegengesetzte Richtung und suchte Tonys Zimmer. „Hallo Herr Tony?", rief sie am vorderen Ende des Flurs. Dabei zählte sie rechts und links je 9 Zimmer. *Komisches Haus …* dachte sie … *es sieht aus wie bei den Umkleideräumen von Sporthallen, aber nicht wie ein Wohnbereich.*
Tony kam aus dem ersten Zimmer auf den Flur herausgetreten und fragte: „Was gibt's denn junges Fräulein?"
„Gibt's irgendwo Putzteile, dann würd ich den Bunker ganz hinten eben mal durchschrubben."
„Oh, ist es der Dame nicht fein genug?", lachte er.
„Naja, denke das würde der Waschgelegenheit nicht schaden, auch die Gelegenheit zu nutzen."
„Aber das zahle ich dir nicht, das ist dein eigener Einsatz!"
„Schon klar, aber dann könnt ich vielleicht die Maschinen, die da stehen mal so anwerfen?", kam es von Stella, die auch die Waschmaschine mit dem Trockner gesehen hatte und da stand ein Schild dran: je 0,50 Euro, das konnte man ja sparen.
„Geht klar", kam es von Tony und er gab ihr Eimer, Schrubber, Lappen und Putzmittel raus.
Sie warf alles an Wäsche in eine Maschine, denn bei den paar Teilen war nicht groß sortieren angesagt und ein Grauschleier war wohl in Mode bei dieser Art zu leben. Danach wirbelte Stella mit Scheuermilch und anderen Putzutensilien über die gesamten Flächen, die im Bad vorhanden waren.
Sie brachte alles wieder zurück und danach …
Ließ sie sich ein Bad ein, stieg hinein und sagte: „Das ist Luxus!"
Am nächsten Morgen hatte sie saubere Sachen an, fühlte sich wohl, da sie nicht mehr von ihrem eigenen Körpergeruch aus den Latschen kippen würde, und hatte sogar noch Geld für ein

kleines Frühstück.

„Tony", rief sie, als sie bepackt an der Haustür stand.

Er blickte um die Ecke und fragte: „Wo willst du denn schon hin? Kein Frühstück die Dame? Kostet natürlich extra."

Stella blickte ihn an, als hätte er gerade von seiner ersten Mondbegehung gesprochen: „Wie viel denn?"

„Na, komm heute noch umsonst, hast es dir verdient, aber ab morgen 2 Euro"

Sie folgte ihm und war erstaunt. Da saßen einige Herren, die alle eine Tasse Kaffee und frische Brötchen vor sich stehen hatten. Mit Wurst und Käse belegt. Das war ja mehr als sie früher zu Hause vor der Schule zu sich nahm. Sie grüßte in die Runde und wie in der ersten Klasse, wenn die Lehrer eintraten, kam ein „guten Morgen" zurück. Alle schauten kurz zu ihr rüber, um sich dann wieder ihren eigenen Gesprächen zu widmen.

„Hmmm, wäre es möglich auch einen Tee zu bekommen?", kam es jetzt zögerlich von Stella.

„Na klar, setz dich irgendwo mit dazu."

Stella stellte ihren Kram in eine Ecke, so dass sie alles gut im Blick hatte. Sie wollte nichts unterstellen, aber es wurde ihr ja gesagt, es wäre das Wichtigste, immer auf alles aufzupassen.

Sie sah sich im Raum um und einen vermisste sie: „Wo ist denn der Mann mit der orangefarbenen Felljacke?", fragte sie. Darauf bekam sie von einem an dem Tisch vor ihr zur Antwort: „Ach, Harry, na der ist immer schon früh los, er muss ja seine Schäfchen hüten." Die Runde lachte, da setzte er erneut an und sagte in Richtung Stella: „Dich hat er ja schon im Trockenen."

Irgendwie war es Stella peinlich und sie wollte sogar schon den Raum ohne Frühstück verlassen, aber da kam ihr in den

Sinn, worüber sie gestern mit Harry sprach. Dass man sie auslachte, war das Eine, aber dass sie dann wieder ohne Bett und Frühstück war, das Andere. So entschied sie sich dafür, den Scherz zu ignorieren und das Frühstück zu genießen. Sie setzte sich an den Tisch zu zwei Männern mittleren Alters. Alle saßen und waren mit ihrem Frühstück beschäftigt, dabei kam sie sich vor wie beim Arzt im Wartezimmer. Hätte sie jetzt nur einen Ton von sich gegeben, dann wären alle Blicke in ihre Richtung gewandert, weil alle nur darauf warteten, dass jemand diese Stille unterbrach. Tony kam zum Tisch, stellte den Tee und zwei belegte Brötchenhälften vor ihr hin, wobei er: „Einen Guten", von sich gab und wieder in einem Raum hinter diesem verschwand.

Stella war verblüfft darüber, dass es so wenige Frauen waren. Aber vielleicht waren die ja alle schlauer als sie selbst. Auch vom Alter waren die meisten ab der Mitte des Lebens scheinbar ins Wanken geraten und nicht schon zu Beginn.

Das konnte aber auch nur den Eindruck erwecken, weil sie bisher noch nie wirklich darauf geachtete hatte. Sie musste sich eingestehen, dass sie bisher nicht wirklich ein Interesse daran hatte, mehr von Menschen zu erfahren, die auf der Straße lebten.

Stella war fast die Letzte, die noch in dem Raum saß. Alle anderen hatten ihr Bündel schon gepackt. Tony kam heran und nahm ihr den Teller vom Tisch, den sie geleert hatte.

„Kann ich denn heute Nacht auch wieder hier schlafen?", kam es von Stella.

Tony sah sie an, da er scheinbar mit so einer Frage nicht gerechnet hatte: „Immer, wenn was frei ist, kannst du jede Nacht dein Lager hier aufschlagen. Wer als erstes kommt, malt zuerst. Aber um diese Jahreszeit ist meist immer ein Zimmer frei. Im Winter ist das schlimmer, da rutschen wir aber alle etwas zusammen."

Stella war von etwas ganz besonders beeindruckt. Das war der Zusammenhalt, der scheinbar in diesem Schlag Menschen steckte. Sie kämpften im Grunde alle für das Gleiche. Sie mussten überleben, das wurde ihr in diesem Moment bewusst, sie gehörte dazu. Sie stand nicht mehr abseits, sondern war ein Teil von ihnen. Jetzt hieß es erst einmal wieder einen Platz zu finden, wo sie mehr als gestern einnahm, sonst würde sie heute Nacht wieder im Park landen.

Sie schnürte ihre Tasche, nahm ihre Gitarre und trat auf die Straße, blickte sich um, wo sie eigentlich war und sah die Kirchturmspitze. Diese Richtung schlug sie ein.

Sie trat auf den Marktplatz, der jetzt wieder in seiner ganzen Größe vor ihren Augen lag. Das Treiben von gestern hatte sich über Nacht in Luft aufgelöst und eine Woche lang würde er ohne Trubel und Heiterkeit für sich selbst sprechen. Inmitten stand der Drachenbrunnen und nichts deutete darauf hin, dass heute hier irgendwo Stammplätze vergeben waren.

Im Schein des Brunnens stach ein groß gewachsener Baum hervor, an dessen Fuß die Treppen zum Kirchenportal begannen. Diesen Schattenplatz wollte sie sich heute nicht entgehen lassen. Die Sonne strahlte an diesem Tag, als wollte sie allen zeigen, dass sie das Frühjahr mit ihrer ganzen Kraft einläutete.

Stella stellte eine kleine Büchse auf, nahm ihre Gitarre, setzte sich auf die untere Stufe auf ihre Tasche. *Uiui, das wird aber heute hart* ... dachte sie bei den ersten Tönen, da sie die Fingerkuppen vom gestrigen Spielen doch noch intensiv spürte. Aber da konnte sie keine Rücksicht drauf nehmen, sie musste zumindest das Geld für die Nacht einspielen.

Sie spielte schon über eine Stunde und in der Büchse vor ihr machte sich das auch bemerkbar, dass es dem einen oder anderen Einkäufer, der an ihr vorüberging, gefallen haben musste. Denn es waren schon ein paar Münzen zusammen gekommen. Aber für die Nacht würde es noch nicht reichen. Es war ja auch noch früh. Die Kirchturmuhr hatte gerade die halbe Stunde angeschlagen. Sie schaute nach oben und sah die große goldverzierte Uhr mit dem römischen Ziffernblatt, auf dem der große Zeiger vor die XI zeigte, also war es halb elf. Zwischendurch baute sich immer mal eine kleine Gruppe vor ihr auf, wenn sie ein Lied anspielte, das sehr bekannt war. Dann fielen besonders viele Münzen in die Büchse. Die einen warfen verstohlen die Münzen hinein, als wenn sie meinten, dass es nicht rechtens wäre. Es gab auch welche, die auf ein Nicken oder sogar das „Dankeschön" warteten, was natürlich schwierig war, wenn sie gerade zu einem Lied sang. Aber alle hatten ein Lächeln auf dem Gesicht und das wiederum übertrug sich auf Stella. Sie sah, dass sie mit ihrer Musik etwas bewegte.
Sie rief Emotionen in den Menschen wach. Mal war es eine verstohlene Träne, die jemand wegwischte, wenn es ein trauriges Lied war, oder jemand an etwas dachte, das ihn bei einem der Stücke berührte.
So ging es aber auch Stella und sie war so gefangen von dem nächsten Lied, dass sie die Menschen vor sich gar nicht mehr wahrnahm. Sie spielte und sang es, als wäre sie in dieses Lied eingetaucht …

"In the arms of the angel …"

Als sie geendet hatte, standen die Menschen vor ihr und applaudierten. Stella stellte die Gitarre neben sich und bedankte sich für die vielen Spenden, die bei diesem Lied in die Büchse rappelten. Die Masse löste sich auf und vor ihr war wieder der Blick frei auf den Brunnen mitten des großen Marktplatzes. Sie hatte das Gefühl, dass sie beobachtet wurde. Stella blickte sich um und bei dem Baum blieb ihr Blick stehen. Die Sonne strahlte direkt in sein Gesicht und sie verspürte wieder diese Wärme, die ihren Körper durchzog und ihr Herz fing an zu klopfen. Er hatte die Arme an den Baum gelehnt und stützte seinen Körper daran. „Du hast eine wunderschöne Stimme, Stella", kam es jetzt von ihm. Sie sah ihn an und jedes Wort von ihm war wie ein Streicheln ihrer Haut. War es, dass sie noch von dem Lied in dieser emotionalen Spannung gefangen war, oder war es wirklich so, dass sie ihn vermisst hatte und jetzt gern dieser Baum wäre. Stella sah ihn einfach nur an und Lars ließ den Baum stehen. Er kam auf sie zu und sie merkte, wie ihr Herz noch heftiger schlug. *Stella das geht nicht, so wie du gerade lebst, kannst du keinen Kerl gebrauchen ...* schallte sie sich selbst. So kam von ihr, wobei sie sich zusammennehmen musste, dass er nicht merkte, wie es in ihrem Inneren aussah: „Na Doc, haste nix zu tun? Sind deine Patienten alle gesund?"
Lars blieb abrupt stehen und war verunsichert. So wie sie ihn angesehen hatte, war da doch etwas. Scheinbar aber nur in seiner Vorstellung, da er an diese Frau mehr denken musste, als er es eigentlich wollte. Er sah sie und wäre er nicht schon von ihr verzaubert, so hätte ihn diese Stimme mit dem Gefühl der Traurigkeit der ganzen Welt darin, verzaubert.
„Stella wie geht es dir, kann ich dir irgendwie helfen?", kam es ruhig von Lars.

„Nee Doc, alles bestens, geh dich um deine Patienten kümmern, da hast du genug zu tun. Ich komm schon klar", und sie musste aufpassen, dass die Träne, mit der sie bei diesen Worten kämpfte, nicht sichtbar wurde.

„Na dann, ich denke, ich werde dich wohl öfters hier treffen, scheint ja jetzt dein Arbeitsplatz zu sein", kam es noch von Lars, der sich dabei abwendete und ging.

Stella saß ziemlich verloren auf ihrer Treppe. Sie sah ihm nach und war enttäuscht, aber da drehte er sich noch einmal um. Er versuchte ihren Blick einzufangen, aber Stella drehte den Kopf verstohlen beiseite. Wie gern hätte sie ihn zurückgerufen, um in seinen Armen die Geborgenheit zu finden, die sie so vermisste. Aber sie rief nicht und er ging weiter quer über den Marktplatz, bis er in einer Gasse verschwunden war. Warum ließ sie es nicht zu, dass andere für sie da sein wollten? War es, weil ihre Eltern immer davon sprachen, dass man sich nie auf andere verlassen dürfte? Sie fand wieder einmal keine Antwort. Nahm ihre Gitarre und wollte gerade gehen, als sie bemerkte, dass ganz viele Menschen in die Kirche gingen. Natürlich war sie neugierig, was darin passierte. Packte ihre Sachen und stieg die paar Stufen hinauf, um die Tür des Einganges zu erreichen.

Kühle kam ihr entgegen. Das musste wohl von den kalten Steinen kommen, da der Winter noch in den Gemäuern hing. Sie schüttelte sich einmal und ging weiter durch eine Glastür in den Innenraum. Es war eine große, mächtige Kirche. Vier Bankreihen sorgten für ausreichend Platz. Zwei waren dabei vom Mittelgang ausgehend und zwei weitere je rechts und links in einem Nebenschiff der Kirche. Kleine Altäre zierten auch in diesem Bereich den vorderen Teil. Getrennt waren diese drei Bereiche durch große Grundsäulen aus Stein mit

Figuren, die aus dem Stein herausragten. Lichtstrahlen fielen in den Bereich des Hauptaltares, da die kleinen Buntglasfenster links und rechts mit ihren Figuren vom Kreuzweg, die Sonne in verschiedenen Farben wiedergaben. Stella bemerkte, dass die Stimmen die im Innenraum erklangen, einen enormen Hall ergaben. Das musste mit der Höhe der Halle zusammenhängen. Eigentlich ein gigantisch, beeindruckendes Bauwerk. Sie überlegte, wie sich ihre Musik anhören würde, wenn sie hier ihre Gitarre erklingen ließe. Aber den Gedanken verwarf sie direkt wieder, weil sie niemanden stören wollte, der in Ruhe sein Gebet sprach.
Sie setzte sich in die letzte Reihe und sah dem Treiben zu. Irgendwie würde wohl gleich ein Gottesdienst beginnen und es erstaunte sie, da doch immer alle davon sprachen, dass niemand mehr in eine Kirche gehen würde, wie voll der Gottesraum wurde. Im vorderen Bereich baute man allerhand technisches Gerät auf, vielleicht sogar eine Übertragung und die Leute hatten alle etwas dafür bekommen, dass sie nicht ganz freiwillig in dieser Kirche Platz nahmen. Eine aufgeregte Stimmung machte sich breit. Alle versuchten leise miteinander zu sprechen, wie sie es wohl auch machen würde, wenn sie jemanden neben sich gehabt hätte, der mit ihr in eine Unterhaltung getreten wäre. Es gehörte einfach zum Anstand, dass man sich in einer Kirche leise verhielt. Zumindest auch wieder etwas, was man als Kleinkind mit auf den Weg bekam.
Plötzlich stand ein Mann neben ihr und Stella dachte: *Ok, das war es wohl, mich wollen die hier nicht dabei haben!*

„Hallo, könnten sie uns helfen?"
Sie sah den Mann erstaunt an: „Helfen? Wobei denn?"
Sie haben heute Morgen da draußen so wundervoll gespielt, ich habe ihnen eine Weile zugehört. Unser Bus mit dem Chor,

der heute hier auftreten wird, hat Verspätung, da sie in einen Stau geraten sind. Könnten sie die Zeit bis zu ihrer Ankunft etwas überbrücken?"
Stella schaute noch verblüffter: „Ich?"
„Ich denke, eine halbe Stunde, dann müsste der Chor da sein und ich würde ihnen 250 Euro dafür geben."
Stella riss die Augen auf: „250 Euro?"
„Wie ist ihnen das zu wenig? Mehr geht leider nicht, da wir ein enges Budget haben."
„Nee, nee schon okay, ich mach es", dabei schoss es ihr durch den Kopf, dass sie die nächsten Tage gesichert hatte und nicht unter Druck stand das Geld für die Nacht zusammenzubekommen.
Sie nahm ihren ganzen Kram wieder auf und platzierte sich im Bereich vor dem Altar. Man hatte ihr einen Stuhl hingestellt und darauf nahm sie Platz. Stella legte ihre Tasche, die sie ja immer im Auge haben sollte, neben sich auf den Boden und stimmte ihre Gitarre.
Während des ersten Liedes wurde es nach und nach ganz still in dem Haus und beim Klang ihrer Stimme, sowie beim Spiel ihrer Gitarre war sie selbst so von den Socken, dass es ein berauschendes Gefühl war, in einer solchen Akustik Musik zu machen. Da brauchte es keine Verstärker oder andere technische Dinge, die hier eine Stimme verschönen, das machte die Gewalt dieses Raumes von ganz allein.
Es war fast eine halbe Stunde her und der Mann, der sie angesprochen hatte, gab ihr ein Zeichen, dass die Gruppe gleich so weit wäre und er sie wohl damit erlösen wollte. Aber Stella wäre gern noch ein wenig sitzen geblieben und hätte für die Zuhörer, die sich scheinbar bei ihrem Gesang wohl fühlten, noch ein wenig musiziert. So stimmte sie noch ein Lied an und

es war eins, das in dieses Gotteshaus passte:

"Hallelujah"

"I've heard there ...."

Man hörte, wie sich langsam, während der Strophe, der Chor hineinbewegte und sich zu Stella gesellte. Als die Strophe geendet hatte sangen sie das Halleluja gemeinsam. Der Chor summte ihr im Hintergrund zu.

„Hallelujah..."

"Your faith was ...."

Stella lebte gerade für die Musik und ihr ganzer Körper bebte. Die Tränen liefen ihr an der Wange herunter und sie hatte Mühe den Ton zu halten.

„Hallelujah..."

Auch der Chor spürte den bewegenden Moment und zur dritten Strophe unterstützten sie Stella und sangen gemeinsam das Lied zu Ende.

"Baby I have ...."

„Hallelujah ...."

Stella sah was passierte. Die Leute standen auf und applaudierten. Da war nichts mehr davon zu spüren, dass man in der Kirche Stille halten sollte. Ein Moment, der sie sehr berührte, genau wie sie mit dem Chor zusammen diese

Menschen berührt hatte.
Sie erhob sich von ihrem Platz, verneigte sich kurz zum Publikum, lächelte zum Chor, nahm ihre Tasche auf und entfernte sich von dem Altarplatz. Der Chor formierte sich und nach kurzer Zeit gingen sie zu ihrem Programm über. Sie hörte noch eine Weile dem Chor zu.
Dann sah sie sich um, wo der Mann mit ihrem Geld war, wobei der ganze Körper noch von den Emotionen des Geschehens getragen war. Sie schwebte durch die Kirche. Was für ein Eindruck, den ein einziger Moment in einem auslösen konnte.
Da sah sie den Mann, der ihr die Gage versprach und er kam auf sie zu. Er gab ihr einen Umschlag in die Hand, den sie öffnete, kurz nachzählte und es kaum fassen konnte. Das waren 250 Euro. Fast einen ganzen Monat schlafen können ohne Sorgen. Sie bedankte sich und wollte gerade die Kirche verlassen, da kam ein weiterer Mann auf sie zu: „Hallo, junge Frau, warten sie einen Moment, ich komme mit ihnen."
Sie war verwirrt, was kam denn jetzt noch. Vielleicht sollte sie ganz schnell dieses Gotteshaus verlassen, nicht dass er das Geld zurückhaben will, da die Kasse dieses Chors doch nicht so viel hergab. „Lassen sie uns nach draußen gehen, da können wir uns einen Moment ungestört unterhalten", sagte der Mann und sie wusste nicht, ob er wirklich sie meinte. Stella trat hinaus und er ging ihr nach.
„Wir sind uns alle einig, das Team und ich", dabei strahlte er mit seinen leuchtenden weißen Zähnen, als würde er zur Produktion einer Zahnpasta Firma gehören, „dass wir sie so nicht ziehen lassen können". Geben sie uns eine Adresse an die Hand, wo wir sie erreichen können."
Stella dachte nach und sagte: „Wieso sollte ich das tun?"
„Na, weil wir sie berühmt machen werden", er stutzte im Satz:

„was dachten sie denn?"
„Berüühmt mich?"
„Ja, wir würden sie gern unter Vertrag nehmen!"
„Unter Vertrag?", Stella war verdutzt: "Was erwarten sie denn dafür von mir?"
„Naaa, dass sie singen. Diese Stimme möchten alle hören. Ich gebe ihnen meine Karte und sie überlegen sich das Ganze in Ruhe. Dann melden sie sich bei mir."
Stella stand noch immer wie vom Blitz getroffen an der Stelle wo das Gespräch stattgefunden hatte.
In Gedanken ging sie das Gespräch noch einmal durch: *Ich könnte berühmt werden. Na, dann hätte sich das üben, dass ich als Kind immer mehr als sinnlose Zeitverschwendung gesehen habe, doch schon mal gelohnt. Schlechter als bei Wind und Wetter auf der Straße zu spielen, kann es ja nicht sein.*

Sie sah sich die Karte an und las:

Moments of Music
Künstleragentur / Produktion

Jochen F. Gutwein

Tel: 0175 7078525

Stella war sehr unsicher, was sie jetzt tun sollte. Sie steckte das Geld in ihre Tasche, da sie den Umschlag immer noch in der Hand hielt. Dann verließ sie den Marktplatz und ging durch die Straßen der Stadt. Ohne Ziel, einfach wieder einmal soweit sie die Füße trugen. So vieles ging ihr durch den Kopf. Sie war auf der einen Seite glücklich vielleicht doch eine Perspektive

für ihr Leben gefunden zu haben. Aber da war auch ein Gefühl von Unsicherheit.
Was ist denn, wenn die mich schlecht beraten? Wenn sie mit mir das große Geld machen wollen?
Blödsinn, du kannst ja nichts außer ein bisschen zupfen und singen.
Scheint ja ganz passabel zu sein, sonst hätten sie dich ja nicht angesprochen ... sprach ihre innere Stimme mit ihr. Aber sie hätte gern mit jemandem darüber gesprochen, aber mit wem?

An diesem Tag fand sie keinen Gesprächspartner mehr. Sie hatte gehofft, dass sie am Abend Harry antreffen würde. Er würde ihr zuhören und sie mochte auch die weisen Worte, die er mit seiner dunklen Stimme an sie herantrug. Aber er kam nicht und sie fühlte sich noch verlassener und verlorener als je zuvor. Wieder ein Mensch der Hoffnung in ihr wach rief, sie an die Hand nahm, um sie dann wieder stehen zu lassen. Das kannte sie ja schon von ihren Eltern, die sie wohl in einem sehr ungünstigen Moment verloren hatte. Aber wann kam das Schicksal schon einmal passend ...
Stella legte sich aufs Bett und schaute in ihre Tasche. Das Kuvert mit dem Geld war noch darin. Sie nahm es heraus und dabei zog sie noch ein zweites Kuvert mit. Daran hatte sie ja überhaupt nicht mehr gedacht. Der Brief von ihren Eltern.
Sie überlegte, ob sie ihn öffnen sollte, war sich aber unsicher. Der Gedanke, dass da noch weitere schlechte Neuigkeiten drin stehen könnten, machten sie schier verrückt. Sie wollte nach vorn schauen und nicht zurück. Aber konnte sie das überhaupt, wenn sie nicht das Vergangene abschloss, um den Weg für Neues zu öffnen?
Stella stand ein paar Mal vom Bett auf, nahm den Brief in die Hand, um ihn dann wieder beiseite zu legen. Sie stand vor

dem Brief und starrte ihn an. Dabei waren Bilder ihrer Eltern in ihrem Kopf und das erste Mal, dass sie für sie wieder sichtbar wurden. Sie sah sich mit ihnen beim Spielen, beim Lernen, bei gemeinsamen Unternehmungen und sie fühlte nicht mehr diese Wut, die sich in ihr Herz gebrannt hatte, sondern eine tiefe Traurigkeit und Sehnsucht nach den Menschen, die ihr eine glückliche Kindheit beschert hatten. Die ihr das Gefühl gaben sich zu freuen, dass es sie gab. An jedem Tag, den sie mit ihnen zusammen sein durfte, war sie ein freudestrahlender glücklicher Mensch. Sie vermisste ihre Eltern! Sie vermisste die Menschen, die in ihrem Leben immer die größte Rolle gespielt hatten. Die ihr den Weg bereiteten und im Grunde konnten sie ja nichts dafür, dass sie vom Schicksal getrennt wurden.

Sie ließ den Brief ungeöffnet und mit den vielen Bildern und den Tränen, die sie verschlossen in sich trug, ging für sie der Tag zu Ende. Sie schlief in dieser Nacht mit einem Gefühl der Erleichterung ein. Die Last, die auf ihrem Herzen lag, löste sich Stück für Stück und sie sah das Licht am Horizont, dem sie entgegen ging.

Am nächsten Morgen half sie Tony beim Eindecken und Auftischen des Frühstücks. Dabei legte Stella ihm fünfzig Euro auf den Tisch für die nächsten fünf Nächte. Er stutzte etwas, aber sagte: „Na, dann sehe ich dich ja jetzt öfter." So hatte sie das Zimmer dauerhaft und brauchte die Gitarre und ihr wenig Hab und Gut nicht mitzunehmen. Aber etwas trug sie in ihrer Tasche, den ließ sie nicht in dem Zimmer. Den Brief ihrer Eltern.

Heute war sie nicht die Letzte, die das Wohnheim verlies, sondern sogar eine der Ersten. Sie machte sich auf den Weg zum Marktplatz, aber nicht um zu spielen, sondern holte für ein paar Euros in dem kleinen Blumenladen einen Strauß mit weißen und roten Rosen. Stella war in sich gekehrt und sie schaute sich um, ob nicht doch etwas von dem jungen Mann zu sehen war, den sie jetzt zu gern treffen würde. Sie war gestern noch die arme Stella und heute ... hatte sich denn etwas verändert?

Sie überlegte und kam zu dem Ergebnis: *Stella, bis jetzt hat sich doch gar nichts verändert, warum also sollte es heute anders sein als gestern? Manchmal bist du auch mit deinem Handeln dem Denken voraus. Erst bringst du mal alles in trockene Tücher und dann kannst du schauen, wie das mit der Zukunft aussieht.*

Eine klare Ansage, die sie sich selbst gab, aber auch wieder eine Möglichkeit, die sie sich damit nahm. Sie konnte den Doc auf keinen Fall um Rat bitten. Ihre Gefühlswelt war ein blankes Chaos, da sie auf der einen Seite schneller zu ihm wollte, als sie rennen konnte. Sie bremste sich selbst aus, da sie auch Angst hatte, dass er diese Nähe, die sie so gern spürte, gar nicht wahrnahm.

Aber gestern hat er da nicht auch gezeigt, dass du ihm nicht einerlei bist? ... ging es ihr weiter durch den Kopf. Sie verwarf den Gedanken, da sie erst andere Dinge erledigen musste und dafür setzte sie ihren geplanten Weg weiter fort. Aber ein bisschen Wehmut war schon im Blick und ein verstohlenes schauen, ob sie ihn nicht doch noch sehen würde. Als sie in einer Seitenstraße einbog, ergriff Enttäuschung von ihr Besitz, da sie ihn nicht getroffen hatte. Sie sehnte sich nach einer Umarmung eines vertrauten Menschen.

Stella ging durch das große schmiedeeiserne Tor und schloss

es hinter sich wieder. Eine Baumallee mit Kastanienbäumen zog sich durch eine große Wiese und kleine Wege gingen zu den einzelnen Grabreihen ab.

Aber wie sollte sie in dieser Masse an Gräbern ihre Eltern finden? Sie schaute sich um und erblickte einen Mann mit einer grünen Schürze, der eine Schubkarre mit Gartengeräten vor sich herschob. Diesen sprach sie an: „Entschuldigen sie bitte."

Sie kam näher auf ihn zu und er fragte: "Meinen sie mich?"

„Ja, können sie mir sagen, wo man am Anfang des Monats die Eheleute Weis beerdigt hat?"

„Ach, meinen sie die Architekten, das ist ganz da hinten, wo die frischen Gräber sind. Am Ende der Allee."

„Danke", kam es noch von Stella und sie ging weiter in die angegebene Richtung.

Vom strahlendblauen Himmel schien die Sonne warm herab, als sie für einen kurzen Moment nach oben durch die Allee schaute.

Habt ihr gewusst, dass ich heute endlich zu euch komme und deshalb so schönes Wetter bestellt? Jetzt müsst ihr mir nur noch helfen, euch zu finden.

Stella schaute am Ende der Allee auf das große Stück Grün und eigentlich hätte sie jetzt nur ein paar neue Gräber vermutet, aber die Stadt war groß und es starben wohl auch viele Menschen. Denn es waren viele frische Gräber zu sehen und eine Blumenpracht zeigte, wie frisch die Gräber waren. Sie kam an einem Grab vorbei, das gerade ausgehoben wurde, scheinbar war heute auch eine Beerdigung.

„Hallo", nickte sie dem Baggerfahrer zu, der den kleinen gelben Minibagger bewegte und die Grube auf Maß brachte.

Dann kamen die ganz frischen Gräber, das sah man, da die

Blumen noch kein welkes Blatt trugen. Als nächstes sah sie ein paar Gräber mit verwelkten Blumen, die waren wohl ein wenig älter. Danach reihten sich Grabhügel an, die nur noch mit einer Schale oder einem Strauß Blumen geschmückt waren.
„Wo seid ihr denn jetzt?", blickte sie fragend gen Himmel und sah zwei Wolken am Himmel schweben. Ein strahlendblauer Himmel und diese zwei Wolken zogen an ihm einsam vorüber. Stella hatte Tränen in den Augen und sagte: "Das ist natürlich noch besser, dann hätte ich euch ja nicht suchen müssen. Aber die Blumen", dabei hielt sie die Rosen ein Stück höher, „würde ich euch schon gern ans Grab legen."
Sie schaute sich mit verhangenem Blick um und sah jetzt eine weitere Reihe, an dem das erste Grab zwei Hügel hatte und von einem Holzrahmen eingefasst war. Sie ließ es nicht mehr aus dem Blick und steuerte direkt darauf zu. Blumen zierten diese Stelle und am oberen Teil war ein Findling mit der Aufschrift:

Vera & Frank Weis
Vereint
bis in den Tod
2014

Jetzt hatte sie es schwarz auf weiß und in diesem Moment brach die ganze Traurigkeit, die sie die letzten Wochen eingesperrt hatte, aus ihr heraus. Sie weinte all die Tränen, die zeigten, wie sehr sie doch der Verlust schmerzte. Mit diesen tiefen Gefühlen und in der Verbundenheit zu ihren Eltern sprach sie zu ihnen: „Ich muss mich bei euch entschuldigen, aber ich habe es nicht verstanden, dass ihr einfach gegangen seid. Dass ihr mich von einer Sekunde auf die andere allein gelassen habt. Ich würde gern noch einmal die Zeit zurückdrehen und euch auf euren letzten Weg begleiten. Aber es wird euch gefallen haben, wie die Menschen an diesem Tag an euch gedacht haben. Es sind viele bei eurem letzten Weg auf den Friedhof gekommen und sie wollten sich von euch verabschieden. Nicht nur ich vermisse euch, da sind auch andere Menschen, die euch gern hatten. Aber mir fällt es am schwersten euch gehen zu lassen. Ich brauche euch so sehr." Während sie sprach, hörte man wie schwer es ihr fiel, zwischen den Tränen die Worte zu formen. „Ich habe so viele Fehler gemacht und so viele Menschen vor den Kopf gestoßen. Das war ich nicht, nein, das war nicht eure Tochter. Ich weiß nicht wer das war, wahrscheinlich auch ein Teil von mir, der in mir steckt. Aber ich schäme mich für diesen Teil."

Stella bemerkte nicht, dass sich jemand genähert hatte.

„Stella, das musst du nicht, du hast dich nur gegen den Schmerz gewehrt, der dich in diesem Moment eingenommen hat. Jeder hat einmal Momente, in denen er nicht so funktioniert, wie man das von ihm erwartet. Und hier ist eine Welt für dich zusammengebrochen."
Stella kam aus ihrer gehockten Haltung nach oben, drehte sich um und sah Frau Pichel an, die an sie das Wort gerichtet hatte. Sie war so froh einen Menschen zu sehen, der ihr vertraut war. Dennoch fragte sie unsicher: „Sie? – Sie, verzeihen mir?"
„Stella ich bin so froh, dass es dir gut geht, ich habe mir große Sorgen um dich gemacht. Ich habe dir nichts zu verzeihen."
„Aber sie haben doch durch mich alles verloren und ich habe ihre Hilfe mehr als abgelehnt."
„Stella, ich habe durch die Umstände auch ein anderes Leben, als das, was ich vor dem Unfall geführt habe und wir werden

einen Weg finden, dass es für uns eine Zukunft gibt. Wenn du möchtest helfe ich dir dabei. Wenn du das allein machen möchtest, dann wäre es schön, wenn ich ab und zu wüsste, wie es dir geht, damit ich deinen Eltern am Grab davon erzählen kann. Deine Eltern waren meine Freunde und sie fehlen mir auch. Nicht so wie dir, aber den Schmerz, den du empfindest, den kann ich verstehen."

Stella kämpfte nicht mehr gegen die Tränen, die sie versucht hatte bei dem Gespräch zu unterdrücken. Sie liefen jetzt und suchten sich ihren Weg. Das sah auch Carla und kam auf Stella zu, nahm sie in den Arm und gab ihr einen kleinen Teil der Schultern ihrer Eltern, für die Stella sehr dankbar war. Sie standen minutenlang am Grab, bis Stella sich ein wenig beruhigt hatte und sich löste. „Danke", kam es mit einem schluchzen von ihr. „Danke, dass sie da sind und ja, ich könnte ihre Hilfe gebrauchen."

Stella griff in ihre Hosentasche und zog den Brief heraus. „Könnten sie da hineinschauen, ich habe Angst ihn zu öffnen."

Carla nahm den Brief und sah, dass es der Brief ihrer Eltern war, der bei dem Testament lag: „Wieso hast du Angst? Deine Eltern würden dir doch nie im Leben auch nach ihrem Tod noch wehtun wollen. Dieser Brief wird ihre ganze Liebe beinhalten, die sie für dich empfunden haben."

Stella schaute Frau Pichel an: „Würden sie ihn für mich öffnen und ihn mir vorlesen?"

„Das mache ich gern Stella, lass uns dort hinüber gehen."

Ein großer alter Lindenbaum stand ein wenig abseits des Grabes und darunter befand sich eine kleine Bank. Auf diese setzten sich Stella und Carla. Carla öffnete den Brief, faltete ihn auseinander und fing an zu lesen:

Liebe Stella,

wenn du diesen Brief in Händen halten wirst, dann haben sich unsere Wege getrennt. Es wird viele Fragen geben, die du jetzt an uns gern stellen würdest und wir können sie dir nicht mehr beantworten. Es wird viele Momente geben, in denen du dich an uns erinnerst, aber wir werden nicht mehr da sein. Du wirst dich an uns erinnern und uns vermissen. Aber wir versprechen dir, auch wenn du uns nicht sehen kannst, werden wir immer in deiner Nähe sein. Wir werden dich immer lieben und dich beschützen.

Eine Frage wirst du nie stellen. Dennoch möchten wir dir die Antwort auf diese Frage geben, da wir es zu Lebzeiten nicht fertiggebracht haben, dir die Wahrheit über deine Herkunft zu erzählen. Du warst immer unser Kind. Du warst unser Sonnenschein unser ganzes Glück.

Carla schaute Stella an und diese schluckte bei den Worten aber sagte: „Schon ok, lesen sie bitte weiter."

Leider war es uns nicht vergönnt, eigene Kinder zu bekommen. Daher bekamen wir als größtes Geschenk auf Erden, unsere kleine Stella.

Du wurdest in jener Nacht in einer Babyklappe abgegeben und wir sind dieser Mutter sehr dankbar, dass sie diese Einrichtung gewählt hat und sich dazu entschlossen hat, dir die Chance auf eine Familie zu geben. Leider wirst du daher nie erfahren, wer deine Eltern wirklich waren. Aber da wir schon keine Vergangenheit hatten, wollten wir dir eine Familie, eine Vergangenheit, eine

Gegenwart und eine Zukunft geben.
Wir hätten ein eigenes Kind niemals mehr lieben können, als dich unseren Schatz. Du bist das Glück für uns gewesen, das den Sinn zu Leben ausgemacht hat. Wir hoffen, dass du es eines Tages verstehen kannst und uns verzeihen wirst, dass wir dir diese Wahrheit so lange verschwiegen haben. Aber es hätte nichts geändert, unsere Gefühle zu dir waren der Inbegriff dessen, was wir an Liebe geben konnten. Sei nicht traurig, wir werden uns irgendwann wiedersehen, daran glauben wir.

In Liebe Deine Eltern

Carla ließ den Brief sinken und man sah auch ihr die Ergriffenheit an, da sie die Tränen bei diesem Brief nicht zurückhalten konnte. Sie schaute zu Stella und diese saß in sich gekehrt auf der Bank. Carla war beunruhigt, denn sie konnte nicht abschätzen, was dieser Brief in Stella ausgelöst hat. Wie sie mit der Wahrheit umgehen würde. Carla hatte Angst. Konnte sie ihr helfen oder würde sich Stella wieder verlieren. Bei manchen Gesprächen war ihre Freundin Vera immer ausgewichen. Es war die Zeit um Stellas Geburt und die Zeit davor. Darüber sprach sie nie und Carla war immer bewusst warum.

Stella erhob sich und ging zu dem Grab ihrer Eltern. Sie setzte sich auf das Grün davor und berührte die Erde.

„Ich bin euch nicht böse. Ich habe euch auch nichts zu verzeihen. Ich bin euch dankbar, für die Zeit die ich mit euch verbringen durfte. Ich bin dankbar für eure Zeit, die ihr in mich investiert habt und ich werde euch hoffentlich nicht noch mehr enttäuschen, als ich es bisher schon getan habe." Dabei dachte sie an die vergangenen Tage. Wenn sie das gesehen

haben, dann mussten sie von ihr enttäuscht sein.
„Aber ich werde es wieder gut machen, versprochen! Ich werde mein Leben in die Hand nehmen und euch zeigen, was eure Stella alles auf dem Kasten hat", dabei sah sie mit den Tränen im Gesicht Frau Pichel an und es zog ein Lächeln über ihre Lippen.
Carla atmete tief durch denn jetzt sah sie, dass sie wieder die Stella vor sich hatte, die sie vor dem Unfall kennenlernen durfte und vielleicht würde jetzt auch ihre Bereitschaft da sein, nach vorn zu schauen. Carla war aber auch dankbar dafür, dass Stella nichts passiert war, denn das hätte sie sich nie verziehen.

Stella kam zurück zur Bank und setzte sich neben Frau Pichel. Sie drückte Frau Pichel die Visitenkarte von der Firma Moments of Music in die Hand und meinte: "Da soll ich mich melden, die wollen mich berühmt machen. Würden sie da morgen mit mir zusammen hingehen?"
„Wenn du das möchtest, dann werde ich dich sehr gern begleiten." Carla schaute sich die Karte noch einmal an und verstand nicht wirklich, warum Stella berühmt werden sollte. Aber dachte sich, dass sie das noch früh genug erfahren würde.

„Stella, möchtest du mit zu mir kommen?", fragte Frau Pichel.
Sie schaute zu Frau Pichel und es dauerte einen kleinen Moment, bis sie sprach: „Seien sie mir jetzt nicht bös, aber morgen gehe ich mit ihnen, versprochen. Heute würde ich mich gern noch von Freunden verabschieden." Dabei hoffte Stella, noch einmal auf Harry zu treffen.
„Das kann ich verstehen, wo treffen wir uns morgen?", fragte

Carla.

„Um 10.00 Uhr auf dem Marktplatz vor der Kirche?", kam die Antwort und gleichzeitig als Frage von Stella zurück.

„Ich werde da sein", versicherte Carla und war so unendlich froh über die Wendung, die heute ihr Leben um einiges erleichterte.

Frau Pichel nahm Stella beim Verlassen des Friedhofs, am schmiedeeisernen Tor noch einmal in den Arm. Noch ein Gruß wurde ausgetauscht und die beiden Frauen gingen in verschiedene Richtungen.

Stella dachte noch ein wenig über diesen Vormittag nach und sie war dazu an einen Ort gegangen, der ihr sehr vertraut war. Sie saß auf den Steinen oberhalb der kleinen Steinbrücke und ließ die Beine herab baumeln. Wieder war es für sie eine komplette Wendung in ihrem Leben und sie wüsste schon gern, wer sie vor Jahren in dieser Klappe abgegeben hatte. Aber auf der anderen Seite musste sie dankbar für solche Einrichtungen sein, da gab sie ihren Eltern Recht. Wie viele Kinder würden vielleicht die ersten Tage nicht überleben, wenn diese Möglichkeit nicht da wäre. Vielleicht würde sie dann heute …

Nein, daran wollte sie nicht denken und setzte auf die Hoffnung, dass alle Mütter, die nicht wussten, wie sie ihr Kind durchbringen sollten, diese Möglichkeit in Betracht ziehen.

Stella war sich sicher, dass sie die besten Eltern auf der Welt gehabt hatte und sie war ihnen dankbar für diese Chance.

Ein wenig Wind kam auf und sie blickte sich am Wolkenhimmel um, wo die zwei einzelnen Wolken in der Gruppe vieler weiterzogen. Sie wusste alles war gut. Nur ein Gefühl, aber ein sehr gutes trug sie in sich.

Von weitem sah sie etwas auf sich zukommen und fast wären

schon wieder Tränen geflossen, weil so viele Zufälle es doch gar nicht geben kann. Da kam ihr Freund, der Mann in der orangefarbenen Felljacke, den sie Harry nannten.

Er kam näher und schmunzelte: „Ich wusste, dass ich dich hier treffen würde. Es scheint dein Lieblingsplatz geworden zu sein."

„Ja, es ist ein Stück Heimat für mich. Muss eine Heimat immer ein Haus sein? Nein, oder?"

„Jeder sieht etwas anderes darin. Für den einen ist es ein Haus, für den anderen ein Stück Land und für den nächsten einfach ein Mensch oder ein Tier. Ich zum Beispiel habe auf der ganzen Welt meine Heimat. Immer wenn ich Freunde treffe, dann ist das für mich Heimat. Da wo man mich versteht."

Stella sah ihn an und sagte: „Diese Brücke gibt mir das Gefühl von Geborgenheit, das ist für mich Heimat."

„Ich verstehe sehr gut, was du meinst und genau deshalb möchte ich mich auch von dir verabschieden. Ich wandere weiter zu meinen vielen Orten auf der Welt, um diese Geborgenheit zu erleben. Kann ich dich allein lassen, wirst du klarkommen?"

„Ja", kam es ganz deutlich von Stella. „Ich habe meinen Weg gefunden. Werden wir uns wiedersehen?"

„Stella, das kann ich dir nicht versprechen. Aber ich denke, du wirst mich bald vergessen haben, wenn du erst wieder deinen Alltag lebst."

„Wie kannst du so etwas glauben, von dir werde ich noch meinen Enkeln erzählen und ihnen verdeutlichen, dass es die Sterntaler auf der Welt gibt. Man muss nur hinschauen."

Sie sprang von der Brückenbrüstung und kam ganz nah zu ihm. „Darf ich dich einmal drücken?"

„Aber klar", und schon hatte er seine Arme um sie gelegt und sie schmiegte sich an die orangefarbene Felljacke. „Sollte ich noch einmal ein Kopfkissen brauchen und einen Schutzengel, dann hoffe ich, dass du in meiner Nähe bist. Ich danke dir für alles."
Stella löste sich aus der Umarmung und Harry sagte: „Du wirst immer Engel um dich haben. Deine Lieben werden immer ein Auge auf dich werfen, da sei dir sicher mein Kind." Mit diesen Worten ließ er sie stehen und ging durch den Park. In Stellas Augenwinkeln funkelten die Tränen, die sich nach und nach daraus lösten und die tiefe Verbundenheit zu einem Menschen zeigten, den sie weder wirklich kannte noch kennenlernen durfte. Aber die kurze Zeit, die er in ihrer Nähe war, erfüllte sie mit einem warmherzigen Gefühl. Nach einiger Zeit war er nicht mehr zu sehen und Stella spürte eine erneute Traurigkeit, aber sie gönnte ihm sein Glück, dass er auf seine Weise auch für sich fand. Vielleicht würde er eines Tages auch die Antworten finden, die ihn heute umherziehen ließen.

Das Rauschen des Baches, das Zwitschern der Vögel und das Grün der Blätter, das sich an den Bäumen entfaltete, zeigten ihr, wie schön das Leben sein konnte, wenn man sich umsah. Aber jetzt hatte sie Hunger und da sie die letzten Tage alles andere als ausgiebig gegessen hatte, wollte sie sich eine anständige Mahlzeit gönnen.
Sie setzte sich am Marktplatz in eine Pizzeria, die ihre Tische und Stühle an diesem schönen Tag nach draußen gestellt hatte, bestellte sich eine große Pizza mit vielen Beilagen und eine gekühlte Cola. Die ließ sie sich schmecken und auf einmal sah sie den Blick eines Mannes, der auf sie gerichtet war. Nein, nicht wirklich auf sie, eher auf ihre Pizza. Und man sah, dass

ihm das Wasser im Mund zusammenlief.

„Tja, die muss man sich erst verdienen", bei diesem Satz musste Stella lachen, aber hatte auch Mitleid mit dem Kerl, der die Leute im Grunde betrog.

„Komm setz dich her, ich bestell dir auch eine."

„Das würdest du wirklich machen?"

„Aber nur, wenn du deine Blindenbinde in der Tasche lässt und hier keine Show abziehst!"

„Na klar, hätte ich eh nicht gemacht. Eigentlich war ich mir sicher, dass du eine von uns bist, so kann man sich irren."

Sie verriet ihm nicht, dass er da ja gar nicht so falsch lag. Dafür war das Gefühl, ihm doch noch eins ausgewischt zu haben ein sehr gutes, das wollte sie sich an diesem Nachmittag erhalten. Manchmal siegen doch die, die ansonsten immer den Kürzeren ziehen, aber das würde er wohl nicht verstehen. Oder doch, hatte nicht sie jetzt ihm gegenüber Vorurteile?

Egal, sie plauschte mit ihm und er erzählte von dem Kampf auf der Straße, von den Banden die ihre Plätze kauften und damit richtig Geld machten. Organisierte Gruppen und dass es nicht so einfach war, in dieser Welt zu bestehen. Es gab gute und schlechte Tage und mit ein bisschen Mitleid, kramte auch er bei den Menschen etwas zu Tage, dass sie spendeten und er überleben konnte.

Stella wollte ihn nicht verurteilen für sein Tun. Aber sie hatte schon ein Problem, weil, wie konnte man erkennen, wer es wirklich nötig hatte?

Sie hatte wieder etwas dazu gelernt, auch wenn sie jetzt nicht mehr wirklich etwas damit anfangen konnte. Sie war aber auch froh, dass sie diesem Leben entkommen war.

Später zog sie dann weiter zu Tony. Legte sich in ihrem

Zimmer nach einem gemütlichen Bad in ihr Bett und schlief ganz entspannt ein, als würden sich alle Sorgen für sie in Luft auflösen.

Am nächsten Morgen war sie schon etwas nervös, weil sie nicht wusste was auf sie zukam. Sie ging wie gestern in das Zimmer, in dem alle frühstückten und half Tony wieder beim Eindecken. Das lenkte sie auch ein wenig ab.
„Tony, ich werde heute Abend nicht mehr hier schlafen."
„Wie, ziehst du auch weiter?"
„Nein, ich werde eher sesshaft. Die Freundin meiner Mutter wird mich darin unterstützen."
Er schaute sie überrascht an, verstand nicht wirklich, was sie meinte, da er ihre Geschichte wohl nicht in einer Zeitung gelesen hatte.
„Jetzt willst du die Kohle wiederhaben?" fragte Tony immer noch irritiert.
„Nein, die behalt. Ich würde dir auch noch mehr geben, aber ich muss ja selbst erst einmal schauen, wie es weitergeht."
„Na dann wünsche ich dir viel Erfolg auf deinem Weg."
Sie setzte sich, schlürfte ihren Tee und aß ihre Brötchen. Dabei dachte sie: *Naja, alle scheint es nicht wirklich zu interessieren, wie es mit Menschen weitergeht. Sind alle doch mehr mit sich selbst beschäftigt.*
Sie nahm ihre Tasche, die Gitarre und schloss das Zimmer ab, legte den Schlüssel auf den kleinen Schrank am Anfang des langen Flurs und verließ das Haus.

Am Marktplatz setzte sie sich wieder auf die Kirchentreppe, um auf Frau Pichel zu warten. Auch heute war die Sonne schon früh zu sehen und sie freute sich innerlich auf die

Ereignisse, die anstanden. Sie ließ die letzten Tage noch einmal an sich vorüberziehen, sah den Baum und dachte an den Mann, den sie so vermisste. Dabei verblasste die Freude und Traurigkeit ergriff von ihr Besitz. Sie spürte, wie sich ihre Augen mit einem Tränenschleier füllten und um sich abzulenken, damit Frau Pichel sie so nicht sah, nahm sie ihre Gitarre.
Stella zupfte erst ein paar Mal die Saiten rauf und runter, bis sie ganz automatisch einen Rhythmus anspielte und anfing dazu zu singen:

"The Rose"

Die Leute waren stehen geblieben und sahen, wie ihr die Tränen beim Singen an den Wangen herunterliefen. Sie brachte das Lied mit einem solchen Gefühl herüber, dass es alle ganz tief berührte. Man merkte, dass sie das was sie sang auch spürte.

Carla hörte die Stimme auf dem Platz und dachte, dass sie hoffentlich Stella nicht verpassen würde, aber sie würde gern einen Blick auf die Sängerin werfen. Eine tolle Stimme, die dort ein Lied sang, dass auch ihr sehr nahe ging. Leider hatten sich so viele Menschen um sie platziert, dass man kaum etwas von ihr erkennen konnte. Carla musste sich ein wenig durch die Gruppe drängeln und dann stand sie an einem guten Platz und richtete den Blick auf Stella...
Alles, was sie in den letzten Tagen und Wochen erlebt hatte, lag in diesem Lied und Carla wollte nicht, dass man es sah, aber auch ihr kamen bei diesem Anblick die Tränen. Sie hatte

das Gefühl, dass Stella eine Botschaft sang. Ein Lied, das so liebevoll gesungen wurde, dass es die Menschen zum Stehen bleiben bewegte. Sie lauschten genau wie Carla, dieser Melodie, diesem Lied das im Herzen berührte.
Stella hatte geendet und die Menschenmasse löste sich auf. Nur eine blieb und ging auf Stella zu. Sie setzte sich neben sie auf die Treppe und sagte: „Jetzt verstehe ich, warum man dich berühmt machen möchte. Du berührst die Menschen mit deinem Gesang. Du gibst Botschaften weiter und deine Eltern wären stolz, wenn sie dich jetzt sehen könnten."
Stella schaute sie an, nachdem sie sich die Tränen aus dem Gesicht gewischt hatte und sagte: „Meinen sie wirklich, dass ich damit mein Leben bestreiten kann?"
„Sogar ganz sicher, ich kenne kaum jemanden, der eine so gefühlvolle Stimme hat, dass er mich mit einem Lied so mitnehmen kann. Aber mal ganz ehrlich, an wen hast du dabei noch gedacht?"
„Das haben sie gehört?"
„Also doch", und Carla lächelte: „Wen hast du denn bei deinem Ausflug kennengelernt?"
Stella drehte den Kopf nach unten und hatte wieder ihre kleine Mädchenpose eingenommen: „Er weiß nicht, dass ich ihn mag. Ich habe ihn ziemlich vor den Kopf gestoßen."
„Ach Stella, wenn ihr füreinander bestimmt seid, dann wird es auch einen Weg geben."
Stella schaute Carla an: „Warum war ich nur so dumm, Mama war bestimmt froh, sie zu haben!"
Jetzt war es Carla, die kurz in ihre Gedanken versank und dann sagte: "Deine Mutter war eine tolle Frau und sie fehlt mir auch. Wir haben uns immer gegenseitig um Rat gefragt, aber das geht jetzt leider nicht mehr. Sie hat mir viel von dir erzählt

und ich habe immer gesehen, wie stolz sie auf dich war. Ich durfte miterleben, wie du herangewachsen bist. Du warst ihr Sonnenschein! So wie auch für deinen Vater, er strahlte immer, wenn er von dir sprach." Carla sah, dass Stellas Augen wieder feucht schimmerten und ergänzte ihren Satz: „Wein ruhig, das sind Tränen der Liebe. Sie kommen aus dem Herzen."
Stella sah Carla an und Carla nahm sie einfach still in den Arm.

Die Kirchturmuhr schlug halb 11 und Stella sagte, da sie sich wieder gefangen hatte: „Oh, schon so spät, wir sollten uns auf den Weg machen."
„Na, dann komm", und erhob sich von der Treppe.
Sie mussten eine Weile gehen und unterwegs erzählte Stella, wie sie zu dieser Visitenkarte gekommen war. Carla war sprachlos, als sie Stellas Geschichte hörte. Jetzt wusste sie auch, da Stella das nicht vergessen hatte nebenbei zu erwähnen, für wen sie das Lied noch gespielt hatte. Carla bemerkte wie sich ihre Stimme veränderte und ganz weich wurde, wenn sie von Lars sprach, auch wenn sie ihn als einen arroganten Besserwisser hinstellte. Aber darum würde sie sich später kümmern, jetzt würde sie erst einmal dafür sorgen, dass Stella eine Zukunft bekam.

Sie betraten das große Gebäude am Ende der Stadt. Am Empfang saß eine Dame, die einer Stewardess glich. Sie war freundlich und ging voraus, um Stella und Carla den Weg zu zeigen, nachdem sie telefonisch angefragt hatte, ob der Chef zu sprechen sei.
Als sie das Büro betraten, bedankte er sich bei seiner Sekretärin und ging auf Stella und Carla zu. Hielt Stella die

Hand zur Begrüßung hin und sagte: „Da ist ja das Wunderkind. Und die Mama ist auch dabei", dabei ging er einen Schritt auf Carla zu und begrüßte auch sie mit einem Händeschütteln.
„Pichel mein Name", kam es von Carla mit einem erschrockenen Blick.
„Frau Pichel, wie kann ich ihnen helfen?", in Gedanken kam ihm nur: *Wie ist die denn mit hier reingerutscht?*
Stella klärte ihn auf, obwohl sie seine Gedanken nicht lesen konnte: „Das ist meine gute Seele, und wenn sie meinen, mich übern Tisch ziehen zu können, dann haut sie ihnen gewaltig auf die Finger."
Herr Gutwein schaute zu Carla und diese nickte nur bestätigend.
„Dann hätten wir das also auch geklärt und können zu den Details übergehen." Dabei bat er die Damen an den Tisch.
„Möchten sie einen Kaffee?", fragte Herr Gutwein Stella und Carla, wobei die Bewegung seines Körpers schon in Richtung Telefon ging.
„Mir bitte einen Tee", kam es von Stella und Carla nahm den Kaffee.
Er bestellte bei seiner Sekretärin das Gewünschte.
„Ich habe für sie pro forma Verträge vorbereitet, da ich hoffte, dass sie bei uns vorbeischauen. Zumindest war ich es, der sie entdeckt hat. Ihren Namen und die Adresse muss ich noch nachtragen, die hatte ich nicht zur Hand."
Carla warf einen Blick auf die Verträge und meinte dann: „Ich würde gern diese Verträge mitnehmen und sie prüfen lassen, dass alles seine Richtigkeit hat. Liegt bestimmt auch in ihrem Interesse?"
„Die sind von unserer Rechtsabteilung aufgesetzt worden und es sollte keine Beanstandungen geben, aber wenn es sie

beruhigt, machen sie das."
Die Sekretärin trat nach einem kurzen Klopfen in den Raum, stellte die gewünschten Getränke ab und verließ ihn wieder.
„Können wir schon ins Tonstudio gehen und ein paar Probeaufnahmen mit ihnen machen?", fragte Herr Gutwein in Stellas Richtung.
Diese hatte den Vertrag von Frau Pichel bekommen und sah kurz nach oben, da sie ihn auf dem Schoß las. „Ja, gern."
Der Vertrag wurde noch in den Details erörtert, Plattenaufnahmen, Konzerttourneen und die Werbeaktionen besprochen. Stella war begeistert, sie würde um die Welt reisen, wenn sie in Deutschland ankommen sollte.
Frau Pichel dagegen blieb auf dem Teppich und war eher die Geschäftsperson. Sie hatte alles, was die Kostenrechnung anbelangte sofort ins Visier genommen. Immerhin musste Stella davon leben und nicht alles nur als Zwischenstation betrachten.
So ging Stella zu den Probeaufnahmen und Frau Pichel machte sich auf, um in die Kanzlei von Herrn Kinser reinzuschauen.
Sie traf ihn auch an und ein paar kleine Vertragsänderungen wurden mit aufgenommen, damit auch Stella nicht den Kürzeren zog und sich in aller Ruhe auf ihre Konzerte vorbereiten konnte. So z.B. auch eine Auszeit, denn so wie es im Vertrag stand, hätte sie jeden Tag 24 Stunden zur Verfügung stehen müssen. Das konnte Carla nicht zulassen.
Auch eine Klausel, dass sie nicht in Regress genommen wurde, wenn etwas Unvorhergesehenes passierte, war in Carlas Augen sehr wichtig. Sie wollte die Versäumnisse, die ihre Eltern gemacht hatten, nicht bei Stella wiederholen. Sie sollte ohne Probleme auch jederzeit aussteigen dürfen, wenn sie in ihren jungen Jahren noch einmal anders planen wollte.

Auch bei dem Team um Stella herum sollte sie ein Mitbestimmungsrecht erhalten. Damit sie Menschen um sich hatte, mit denen sie sich wohl fühlte. Ganz wichtig war auch das Mitspracherecht bei den Tourneen, wie viel und so wie sie es körperlich schaffte.
Es nützte ja keinem etwas, wenn das Mädel, wie Carla sie in Herrn Kinsers Gegenwart nannte, auf einer Tournee zusammenbrach.

Abends kam Stella erst spät. Carla hatte etwas zu essen vorbereitet, denn sie ging davon aus, dass Stella den ganzen Tag nicht daran gedacht hatte. Sie war so begeistert, dass sie bestimmt auch die wichtigen Dinge im Leben einfach schleifen ließ.
„Kann ich wieder in das Wohnzimmer?", kam es von Stella, als sie den Flur betreten hatte.
„Klar mach es dir bequem und ich hoffe, ich muss nicht befürchten, dass es eines Tages ohne Abschied wieder verlassen ist", dabei lächelte Carla, da Stella es nur als Hinweis und nicht als Vorwurf aufnehmen sollte.
„Nein, ich sage Bescheid, wenn ich das nächste Mal die Kurve kratze." Jetzt lachten beide und in der kleinen Wohnung breitete sich eine nette Atmosphäre aus.
Stella hatte auch das Gefühl, das sie nach dem Tod ihrer Eltern angekommen war. Alles fügte sich und sie war sich sicher, dass sie einen Menschen an ihrer Seite hatte, der sie niemals in ihr Unglück rennen lassen würde. Das war ein wenig die Stütze, die sie brauchte, da ihr der Rückhalt der Eltern von einem Tag auf den anderen verloren gegangen war. Carla Pichel war mehr als das, sie war für Stella die mütterliche Freundin. Sie schätzte sie, da sie die Erfahrung ihrer Eltern

hatte, aber auch das Verständnis für sie als jungen Menschen aufbrachte. Sie freute sich mit ihr und teilte sogar den Schmerz auf ihre Weise über den Verlust. Stella konnte sich offen mitteilen und fühlte sich dabei nicht verloren.
„Warum erkennt man immer zu spät, dass man es einfacher haben kann?", bei dieser Frage schaute Stella Carla an.
„Stella, auch du musst deine Erfahrungen erst machen. Du hast dich verschlossen und nichts an dich heran gelassen. So hättest du den Schmerz nicht ertragen können. Das musstest du für dich erst herausfinden."
„Wenn ich sie nicht hätte …"
„Dann gäbe es andere Menschen, die dir helfen würden. Du musst es nur zulassen."
„Aber mein Abitur habe ich auch verhauen."
„Wenn du es möchtest, kannst du die Nachprüfungen machen. Ich habe mit Frau Scheffler gesprochen."
„Das schaffe ich niemals, ich müsste ja wieder mit Lernen beginnen. Dann noch die Aufnahmen …", bei diesem Satz ließ Stella sich auf dem Küchenstuhl nieder und holte einmal tief Luft.
„Das musst du für dich entscheiden, vielleicht verschiebst du es erst einmal und machst es dann später nach."
Stella sah zu Frau Pichel und meinte: „Ich glaube, das ist der bessere Weg. Sich erst einmal um eins zu kümmern. Was ist denn mit dem Vertrag? Haben sie schon etwas erreicht?"
„Ja, Herr Kinser wird einen neuen Vertrag aufsetzen, und ihn morgen vorbeibringen. Den nehmen wir dann mit."
Stella schaute mit großen Augen. „War er nicht gut? Wollten die mich doch übers Ohr hauen?"
„Nein, der Vertrag ist schon gut. Aber es fehlten ein paar Punkte, die auch dich absichern und die setzt Herr Kinser als

Anhang mit hinzu. Damit du auch über deine Zukunft mitbestimmen darfst und nicht andere über deinen Kopf hinweg planen."
„Das ist gut! Wenn ich sie nicht hätte!"

So wurde es gemacht und der Vertrag bekam noch ein paar Zusatzklauseln, damit die Arbeit beginnen konnte. Stella musste nun Entscheidungen mittragen.
Sie stellten ein Team zusammen und ganz oben auf der Liste stand Carla Pichel. Sie wurde Stellas Managerin, die sie auf allen Auftritten begleitete und immer mit Rat und Tat zur Seite stand.
Ihre erste CD schlug ein wie eine Bombe und sie stand innerhalb weniger Wochen auf Platz 1 der Charts.
Alle wollten Stella Weis sehen und die Zeitungen hatten mitbekommen, wer sich hinter dieser Frau verbarg. Sie überschlugen sich regelrecht damit und zu Stellas Entsetzen kramten sie auch alte Fotos aus.
Es war nicht immer leicht mit den Schlagzeilen umzugehen und die Art und Weise wie man versuchte an Fotos heranzukommen, das wusste Stella noch sehr genau. Sie erinnerte sich nur ungern daran, aber an den, der sie immer wieder aus der Misere befreite, an diesen jungen Mann erinnerte sie sich gern. Sie vermisste ihn und mit jedem Tag, der verging, wurde ihre Sehnsucht größer. Auch Carla spürte die innere Zerrissenheit die in Stella wütete. Sie wusste, wie sehr sie sich nach dem Mann ihrer Träume sehnte. Sie wusste aber nicht, was zwischen den beiden für eine Verbindung bestand. Dass Stella aber unter der momentanen Situation litt, das konnte man spüren.
Sie sprach nicht darüber, und wenn Carla den Versuch machte,

sie darauf anzusprechen, dann ging sie schnell zu einem anderen Thema über.

Die Konzerttournee begann und in jeder Stadt waren die Veranstaltungen nach ein paar Fernsehauftritten ausverkauft. Viele wollten diese Stimme Live sehen und hören. Sich von Stella in ihren Bann ziehen lassen und miterleben, wie eine ganze Notenwelt auf den Kopf gestellt wurde.

Wenn sie dann nach ihren Auftritten manchmal auch erst gegen Morgen im Wohnzimmer von Frau Pichel auf dem Sofa lag, dann konnte man sie im Schlaf weinen hören und Carla wäre am liebsten aufgestanden und hätte sie getröstet.

Fast ein ganzes Jahr war vergangen und Stella hatte Erfolg. Sie wurde so gefeiert, wie damals in den 60zigern die großen Musikbands. Wohin sie kam, waren die Straßen voll mit Fans und Stella gewöhnte sich nach und nach daran, dass die Zeitungen immer wieder ihr Privatleben von rechts nach links wendeten.

Heute war ein besonderer Tag, denn sie hatte zum Todestag ihrer Eltern ein Sonderkonzert in ihrer Heimatstadt. Das fand dort statt, wo alles begann. Hundert Freikarten wurden ausgegeben für Menschen, die sich ein solches Konzert nicht leisten konnten und die sie auf eine ganz persönliche Weise kennenlernen durfte. Sie hoffte auf einen Mann in einer orangefarbenen Felljacke, auf Menschen, in deren Gruppe sie frühstücken durfte und auf einen Blinden, der wohl mehr sah, als die Sehenden.

Finanziell war sie wieder in der Situation, sich Wünsche zu erfüllen. Sie hatte Herrn Kinser, der ihr in dem ganzen Jahr als

Rechtsbeistand zur Verfügung stand, gebeten etwas für sie zu kaufen.

„Frau Pichel, können wir uns heute Mittag auf dem Marktplatz treffen? Ich muss noch etwas erledigen und dann würde ich ihnen gern etwas zeigen."
Carla war in der ganzen Zeit nicht von Stellas Seite gewichen. Sie hat sie ermuntert, wenn ein Tag mal nicht so lief wie er geplant war und sie hat ihr beigestanden, wenn die Traurigkeit über den Verlust sie einholte. Stella machte die Menschen glücklich, aber tief in ihr drinnen war sie selbst ein unglücklicher Mensch. Sie vermisste die Eltern und auch einen Menschen, der sie in der tiefe ihres Lebens hatte atmen lassen. Momente, in denen Carla sie in den Arm nahm, und ihr ein wenig ihrer eigenen Kraft gab, damit sie nicht an den Verlusten zerbrach.
„Klar, wann soll ich denn da sein?", fragte Carla, die mit Stella am Frühstückstisch saß.
„So gegen 11.00 Uhr ist das ok?"
„Ich werde pünktlich sein."
So verließ Stella nach dem Frühstück die Wohnung von Carla Pichel. Sie hatte Carla in der Zwischenzeit die Auslagen für ihre Hotelunterbringung und auch die Kosten für den Friedhof zurückerstattet. Stella war sich bewusst, dass das nicht jeder für sie getan hätte. Sie wäre bestimmt heute nicht berühmt, wenn sich herausgestellt hätte, dass sie wegen Zechprellerei im Knast war und schmunzelte bei dem Gedanken.
Auf der Straße brauchte sie mittlerweile immer etwas länger, um von A nach B zu gelangen, wenn sie zu Fuß ging. Die Leute erkannten sie und ein Autogramm war auch schnell geschrieben. Sie war den Menschen nahe, wenn sie diese auch

nicht kannte. Sie wusste, dass es die Menschen waren, die ihre Konzerte besuchten, ihre CDs kauften und sie zu dem machten, was sie war. Dass sie sich das leisten konnte, was sie heute hatte und dass sie in ein sorgenfreies Leben ging. Wie lange sie sich in dieser Branche halten konnte, das konnte man nicht sagen, aber das auch für die Zukunft etwas blieb, dafür hatte sie einen großen Teil ihres Geldes investiert. Sie wollte nie mehr in ihrem Leben an einen Punkt kommen, an dem sie nicht wusste, wo ihr Bett für die Nacht stand.

Stella lief die Kastanienallee entlang und stand nach kurzer Zeit am Grab ihrer Eltern. Es war bepflanzt worden und hatte eine schöne Einfassung erhalten. Sie kniete sich davor und fing leise an sich mit ihnen zu unterhalten: „Das hättet ihr nicht gedacht, das ich auch mal um die ganze Welt reise. Mein Leben wäre wohl auch anders verlaufen, wenn ihr mich nicht verlassen hättet ..." Sie erzählte von dem Jahr und lies es noch einmal Revue passieren, wobei sie im inneren spürte, dass sie das gar nicht gebraucht hätte. Ein Gefühl sagte ihr, das ihre Eltern immer bei ihr waren. Sie trug sie in ihrem Herzen.

Sie hatte heute Morgen einen engen Zeitplan und war nach dem Abstecher auf den Friedhof, auf dem Sprung zu Herrn Kinser. Dieser hatte alle Papiere bereitgelegt und so ging die Abwicklung des Vorgangs, den er für Stella erledigen sollte, reibungslos vonstatten. Sie verließ die Kanzlei und es war zeitlich knapp, bis um 11.00 Uhr den Marktplatz zu erreichen. Sie schaffte es aber dennoch und man sah, wie die ersten Aufbauarbeiten für den Abend getroffen wurden. Ihr Team war mit einem LKW vorgefahren, um die Tonanlage in der Kirche zu installieren.

Auch Carla hatte sich auf die Treppe an der Kirche gestellt und sprach gerade mit einem Herrn.
Als Stella auf sie zukam, stoppte sie ihren Schritt abrupt. Ihr Herz fing an, wie wild zu schlagen. Es war nicht irgendjemand mit dem Frau Pichel da plauderte. Es war der Mann der ihr seit einem Jahr im Kopf umherspukte und sie jetzt nicht wusste wie sie ihm begegnen sollte. Ihre Gedanken überschlugen sich und sie hatte Angst, man könnte merken, wie sehr sie diese Begegnung aus der Bahn katapultierte.
„Hallo, Doc, wie geht es dir?", kam es von Stella und sie war so verlegen, dass er die Röte, die ihr ins Gesicht stieg bemerkte und direkt lachte.
„Na, du hast dich aber verändert. Kann es sein, dass du in den letzten Monaten nicht nur zum Gesang gekommen bist, sondern auch deine spitze Zunge verloren hast?"
Das Rot in ihrem Gesicht verstärkte sich, aber diesmal aus Wut. Das musste sie sich nicht bieten lassen und konterte, wobei ihre Augen blitzten: „Ach, Doc, Diagnostik scheint nicht deine Stärke zu sein. Da würde ich dir noch ein paar Seminare empfehlen. Außerdem was geht es dich an, ob ich mich benehmen kann oder nicht, ich bin ja nicht mehr deine Patientin." Stella drehte sich ab und ließ ihn stehen. Zu Carla gewandt fragte sie: „Können wir?"
In ihr drehte sich das blanke Chaos, wie fremd er ihr in einem Jahr geworden war. Sie sah nicht mehr das, was sie einst zu erkennen schien. Er war so fern von ihr. Dabei hatte sie innerlich gehofft, dass es eine solche Begegnung geben würde. Aber wenn sie es nicht schaffte, sich ihm auch als die alte Stella zu zeigen, würde sie ihn für immer verlieren.
Carla verabschiedete sich von Dr. Linde und ging zu Stella, die sich schon einige Meter entfernt hatte, um Zeit zu haben, sich

wieder zu beruhigen. Stella wollte nicht, dass Frau Pichel sah, wie es ihr ging. Deshalb wischte sie die verstohlene Träne schnell weg, als Carla sich in ihre Richtung drehte.
„Ich dachte, du magst den Herrn Dr. Linde, das sah aber nicht so aus", gab Carla ihre Einschätzung preis. „Liegt es vielleicht daran, dass ihr euch so lange nicht gesehen habt?"
„Nein, er bleibt ein arroganter Kerl, mit solchen Menschen will ich nichts zu tun haben!"
Jetzt war es Carla, die sich wunderte, da sie dachte, dass Stellas Herz an diesem Mann vergeben war.
„Wo willst du eigentlich hin?", fragte Carla, da sie nur hinter Stella herging, aber nicht wusste, was sie vorhatte.
„Ich habe uns etwas Schönes gekauft!"
„Gekauft? Was denn?"
„Lassen sie sich überraschen."
Sie brauchten eine Stunde, bis sie vor der Überraschung standen und Carla wusste jetzt nicht mehr, was sie noch sagen sollte.
„Dein Elternhaus?"
„Ja, toll was, da können wir jetzt drin wohnen. Ich hoffe, dass sie mit mir hier einziehen."
Carla war wie vom Donner gerührt und es kam von ihr, wobei sie weiß wie eine Wand wurde: „Das kann ich nicht! Hier kann ich nicht einziehen!"
„Was, wieso das denn nicht?", Stella verstand die Welt nicht mehr.
„Kommen sie, wir gehen hinein, dann können wir alles planen", und schon war Stella die Treppe hinauf und hatte die Eingangstür, mit dem Schlüssel, den sie bei Herrn Kinser abgeholt hatte, geöffnet.
„Sie wollen doch nicht, dass ich in diesem riesen Kasten

vereinsame, oder?", kam es aus dem Flur des Hauses nach draußen zu Carla.
Sie ging langsam hinter Stella her, aber ihr Schritt war schwer.
„Ein paar Möbel und es ist wieder so gemütlich wie früher", kam es von Stella, als sie nach oben lief und im Flur an Carla vorbeischnurrte.
Carla griff in ihre Handtasche, holte einen kleinen Zettel heraus, und als Stella wieder herunterkam, hielt sie ihr den Zettel hin.
„Stella, die musst du nur abholen."
Stella schaute auf den Zettel und sah, dass es eine Firma zum Einlagern von Möbeln war. „Sie haben alles gerettet? Aber die Container?"
„Du hast uns gesehen?" kam es jetzt erschrocken von Carla.
„Ich war im Haus, als es ausgeräumt wurde."
„Das wusste ich nicht", kam es von Carla und sie gab ihrem Erstaunen noch hinzu: „Das muss schrecklich für dich gewesen sein."
„Es ging, aber wieso wollen sie nicht mit mir hier einziehen? Meine Eltern würden sich das wünschen, so viel wie sie für mich getan haben."
Carla war unsicher, aber wenn sie jetzt schwieg, würde sie es vielleicht den Rest ihres Lebens bereuen.
„Ich habe das nicht für deine Eltern getan und ich würde mir schäbig vorkommen, nachdem ich deinen Eltern schon so viel Abbitte leisten muss, auch noch ihr Haus zu bewohnen."
Stella verstand nur noch Bahnhof. Sie wartete, dass Frau Pichel es von sich aus erklärte.
„Ich bin auch eine Frau, die viele Fehler in ihrem Leben gemacht hat und einen bereue ich jeden Tag, den ich lebe."
„Was erzählen sie denn da für einen Blödsinn?", sagte Stella

und es war das erste Mal, das nicht Frau Pichel sie stützte, sondern Stella sah, wie blass sie geworden war und sich Sorgen machte.
„Was um Himmels willen meinen sie denn?"
„Stella, du bist meine Tochter!"
Stella sah sie mit aufgerissenen Augen an. Es herrschte Stille. Der Schock der Stella in die Glieder gefahren war, hielt minutenlang an, bis sie wieder ihre Stimme fand.
„Sie ... Du - bist – meine – Mutter?"
„Ja, ich habe nicht loslassen können und wollte wissen, wie es meinem Mädchen geht. Daher habe ich alles daran gesetzt zu wissen, wohin du kamst. Mein großes Glück war vollkommen, als ich sah, wer dich adoptiert hat und wie gut du es bei ihnen hast. Als die Stelle in ihrer Firma frei wurde und ich dort anfangen konnte, war es ein Geschenk auf Erden. Ich wusste dich versorgt und konnte dennoch in deiner Nähe sein und dich aufwachsen sehen. Dass ich dafür Menschen belogen habe und auch ausgenutzt habe, das war mir egal. Du warst und bist immer das wichtigste in meinem Leben gewesen."
Stella sah, wie Carla die Tränen liefen, bei dem Geständnis ihres Lebens. Sie sah auch, dass vor ihr eine Frau stand, die einen verzweifelten Blick in ihre Richtung tat und hoffte, dass man ihr Vergeben würde. Stella selbst war gefasst. Sie hatte so viel in den letzten Monaten dazu gelernt und einen großen Bestandteil daran hatte diese Frau. Aber wie sollte sie ihr jetzt begegnen?
Carla sah, dass Stella mit ihren Gedanken rang, und setzte zum Gehen an.
Stella hielt sie am Ärmel fest und sagte: „Geh nicht. Geh nicht wieder und lass mich zurück. Sei jetzt da. Sei da für mich wie eine Mutter für ihre Tochter. Damals war es vielleicht nicht

möglich, aber noch eine Chance wirst du nicht bekommen. Renn vor deinem Glück jetzt nicht davon!"
Carla drehte sich um und sah ihrer Tochter in die Augen. Sie spürte, dass Stella in der Kürze der Zeit, Entscheidungen getroffen hatte, die für sie beide von großer Bedeutung waren. „Stella kannst du mir verzeihen, was ich mir selbst ein halbes Leben vorwerfe?"
„Ich habe dir nichts zu verzeihen. Du hast Entscheidungen getroffen, die mir ein Leben ermöglicht haben, auf das ich wohl hätte verzichten müssen. Du hast etwas aufgegeben, was dir so am Herzen lag: Dein größtes Glück. Musstest zuschauen, wie andere das behüteten, dass dein größtes Glück bedeutet hätte. Was soll ich dir verzeihen? Dass du mir ein Leben geboten hast und auf dein Glück verzichtet hast? Ich habe dir zu danken, dass ich so aufwachsen durfte. Dass es Menschen gab und gibt, die mich lieben. Dass ich ein Fundament habe, auf dem ich stehen kann." Bei den letzten Worten ging Stella auf Carla zu und sagte: „Bitte, nimm mich in den Arm und halt mich ganz fest, Mama."
Carla konnte nicht glauben, was für eine erwachsene Frau sie vor sich stehen hatte. Sie nahm Stella ganz fest in den Arm und lange standen die beiden Frauen eng umschlungen und die Gefühle trugen die Tränen zu Tage, die bei der einen ein Gefühl auslösten, als würde sie etwas Neues beginnen. Wie bei der anderen, die dankbar war, dass sie vom Schicksal bestraft, aber auch beschenkt wurde. Wie gern hätte sie in mancher Stunde auch Vera Weis erzählt, wer sie wirklich war. Aber sie wusste, dann hätte sie bestimmt für ihre Tochter die Zukunft verspielt. Die Angst sie würde ihnen das Glück rauben, hätte zwischen ihnen gestanden und so schwieg sie. Lange schwere Jahre, da sie ihrer Tochter nie nah sein durfte. Sie

hatte versucht, wieder etwas gut zu machen, aber die Personen, denen sie gern danken würde, für die Liebe die sie ihrem Kind geschenkt hatten, die waren zu früh aus diesem Leben gegangen.

Die Zeitungen waren voll davon, dass heute ein ganz besonderes Konzert in der Stadtkirche am Marktplatz gegeben wurde. Stella wollte zu Ehren ihrer Eltern, an deren Todestag, ein Sonderkonzert geben. Der Erlös dieses Abends kam den Obdachlosen der Stadt zu Gute, damit in den städtischen Einrichtungen, notwendige Veränderungen finanziert werden konnten. Die Freikarten hatte sie zum Teil selbst verteilt. Sie hatte nicht viele von ihnen kennengelernt, aber ein Schicksal ging ihr ganz nah. Sie hatte ihn nicht getroffen und so würde er wohl nicht dabei sein. Vielleicht war er wieder in seiner großen Heimat unterwegs und wenn er die Straßen zu seinen Freunden entlang lief, konnte man die orangefarbene Felljacke schimmern sehen.

Die Kirche war bis auf den letzten Platz gefüllt. Sogar die Gemeindemitglieder hatten es sich nicht nehmen lassen, die wohl bekannteste Person der Stadt mit ihrer Anwesenheit zu erfreuen.
Niemand außerhalb ihrer Familie sollte je erfahren, wie Stella wirklich auf diese Welt kam. Das wurde auch in den Jahren danach niemals der Öffentlichkeit preisgegeben. Carla blieb die Managerin an Stellas Seite.

Das Konzert war anstrengend und sehr emotional, da sie ihrer Eltern gedachte und auch sah, wer sie immer wieder erstaunt anblickte. Sie hatte Probleme, sich auf das Konzert zu

konzentrieren, da er ihren Blick immer wieder einfing. Am liebsten wäre sie gerannt, weit weg, um sich ihrer Gefühle klar zu werden. Wobei das musste sie gar nicht, sie wusste, wie sehr sie diesen Mann aus der ersten Reihe liebte. Mit jedem Tag mehr und er war ihr so unendlich fern.
Es kostete sie Kraft, an diesem Abend zu spielen. Nachdem sie das Konzert beendet hatte und auch irgendwann die Zugaben alle aufgebraucht waren, verließ sie durch einen hinteren Eingang die Kirche.
Sie wollte einfach die kühle Abendluft spüren und sich von dem Gefühlschaos, das ihr in der Kirche die schlimmsten Albträume verursacht hatte, erholen. Sie lief dem Mond am Himmel entgegen, ohne darauf zu achten wohin sie ging. Aber wer ihre Geschichte kannte, der würde jetzt schon wissen, wohin sie ihre Füße trugen.
Dahin wo sie die Heimat kennenlernen durfte. Da wo ihre Karriere begann. Da wo sie ihre Gefühle zu ihren Eltern fand. Da wo sie der Mann im Arm hielt, dem sie in dem Moment ihr Herz geschenkt hatte.

Sie hörte den Bach rauschen und sah im Schatten des Mondes die Umrisse der Brücke. Dann blieb sie stehen, denn nicht nur die Umrisse der Brücke, auch die Umrisse des Menschen, den sie so ersehnte, konnte sie erkennen.
Er stand auf ihrer Brücke …
Sie wusste nicht, wie lange sie ihm zugesehen hatte. Wie er nur auf der Brücke stand und in den Abend hinaus sah. Als sich ihre Füße in Bewegung setzten, um ihm nah zu sein …
Lars hörte die Schritte, die auf ihn zukamen, und drehte sich in die Richtung herum, aus der die Geräusche zu ihm drangen. Und jetzt sah er sie…

„Stella." Er hatte gehofft, dass sie an diesen Ort kommen würde. Wie oft hatte er hier bisher vergeblich gewartet. Aber heute nach diesem Konzert war er sich sicher, dass sie kommen würde. „Wo warst du so lange?"
Stella traute ihren Ohren nicht ...
Lars ging auf sie zu und im Mondschein konnte man noch lange ein Paar sehen, dass die ganze Welt um sich vergessen hatte.

Danke

Danke den Menschen die mit mir gemeinsam einen solchen Roman entstehen lassen.

Eure Hilfe ....
Euer Lachen ...
Eure Traurigkeit ...
Eure Einwände ....
Eure Unterstützung ....
Eure Freundschaft ....

      ... machen es möglich!

Besonderer Dank

geht an meinen Mann, Freund und Partner

… und es ist so:

*Wenn der Baum nicht da ist,
dann liegt der Ast am Boden.*

Lieder in diesem Buch:

"This the last rose of summer left blooming alone"

Ein Lied dessen Text und Melodie von dem irischen Dichter und Komponisten Thomas Moore im Jahr 1805 verfasst wurde.

"In the Arms of an Angel"

Ein Lied von Sarah McLachlan aus ihrem Album von 1997 „Surfacing"

"Halleluja"

Ein Lied des kanadischen Singer-Songwriters Leonard Cohen. Es wurde erstmals 1984 auf dem Album Various Positions veröffentlicht.

"Die Rose"

The Rose ist ein Song aus dem Jahr 1979, der von Amanda McBroom für den Film The Rose geschrieben und von Bette Midler interpretiert wurde. In Deutsch wurde dieses Lied von Helene Fischer gesungen.

Schlafe mein Prinzchen Schlaf ein ... April 2014

Ein Junge, hinein geboren in eine Welt, die von Traditionen lebt. Sein Weg scheint durch die Generationen vorbestimmt zu sein, obwohl seine Eltern ihm dieses Schicksal gern ersparen wollen. Aber manchmal geht das Leben ganz eigenwillige Wege und entscheidet, was werden wird. Schicksale begleiten den Jungen und die Familie auf ihren Wegen. Wenn man sich für einen Augenblick verliert, ist das tragisch, aber solange das Band der Sehnsucht nicht reißt, ist alles möglich. Nimm das Leben so an, wie es für dich bestimmt ist.

Es hat alles seinen Sinn...

Bibliografische Information der Deutschen Nationalbibliothek:
Die Deutsche Nationalbibliothek verzeichnet diese Publikation in der
deutschen Nationalbibliografie; detaillierte bibliografische Daten sind im
Internet über http://dnb.dnb.de abrufbar.

© 2014 Monika Zenker

Coverbild: Ronny Libor

Korrektur/Beratung
Kerstin – Angelika - Christa – Klaus

Herstellung und Verlag: BoD –   Books on Demand, Norderstedt

ISBN 978-3-7386-0691-1